좁은 문

좁은 문

앙드레 지드 | 오현우 옮김

문예출판사

La Porte étroite

André Gide

차례

1장 • 9

2장 • 28

3장 • 56

4장 • 70

5장 • 89

6장 • 118

7장 • 129

8장 • 154

알리사의 일기 • 166

작품 해설 • 199

앙드레 지드 연보 • 205

M. A. G.에게

1

다른 사람들이라면 이것으로 한 권의 책을 만들 수도 있었을 것이다. 그러나 지금 내가 하려는 이야기, 나는 그 이야기를 체험하는 데 나의 모든 힘을 기울였고, 그렇게 하는 데 나의 기력을 모두 써버렸다. 그래서 나는 그저 꾸밈없이 나의 추억들을 써보려 한다. 설사 곳곳에 조각난 것이 있다고 할지라도 그것들을 깁거나 잇기 위해 새로운 이야기를 지어내는 짓은 결코 하지 않겠다. 추억들을 꾸미느라고 쏟는 노력이, 그 추억들을 이야기하며 찾고자 하는 나의 마지막 즐거움을 방해할 것 같기 때문이다.

내가 아버지를 여의었을 때, 나는 열두 살도 채 못 되었다. 아버지가 의사로 일하던 르아브르에 더는 어머니의 마음을 붙잡는 것이 아무것도 없었다. 나의 학업도 좀 더 좋게 끝마칠 수 있다고 생각한 어머니는 파리에 와서 살기로 결정했다. 어머니는 뤽상부르 공원 근처에 작은 아파트를 하나 빌렸고, 미스 애슈브르통이 와서 우리와 함께 살게 되었다. 가족이라곤 아무도 없던 미스 플로라 애슈브르통은 처음엔 어머니의 가정교사였는데, 나중엔 말벗이 되더니 곧이어 친구가 되었다. 한결같이 온화하고 슬픈 표정을 한, 지금도 상복 차림으로밖에는 기억되지 않는, 이 두 여인네 곁에서 살았다. 어느 날, 아버지가 돌아가신 지 꽤 시간이 흐른 후인 것 같은데, 어머니가 모자의 검은 리본을 연보랏빛 리본으로 바꾸셨다. 나는 큰 소리로 말했다.

"엄마! 그 색깔은 엄마한테 어울리지 않아!"

다음 날 어머니는 검은색 리본을 달고 계셨다.

나는 허약한 체질이었다. 나를 피곤하게 하지 않으려는 데 골몰하던 어머니와 미스 애슈브르통의 정성이, 나를 한낱 게으름뱅이로 만들지 않은 것은 다행히 내가 공부하는 데 재미를 붙였기 때문이다. 봄 날씨가 화창해지면 두 분은 내가 그 도시를 떠날 시기가 됐다고 여겼다. 그 도시가 나를 창백하게 만든다고 생각했기 때문이다. 그래서 6월 중순이면 어김없이 뷔콜랭 외삼촌이 맞아주는 르아브르 부근의 퐁그즈마르로 우리는 여름을 나러 출발했다.

그다지 크지도 아름답지도 않은, 노르망디 지방의 다른 정원과 별반 다를 것 없는 정원에 자리한 3층짜리 하얀 뷔콜랭 별장은 18세기의 허다한 시골 별장들과 다를 바가 없었다. 동쪽으로는 정원을 바라보며 스무 개 남짓 되는 큼직한 창들이 나 있고, 뒤쪽으로도 그쯤 되는 창이 달려 있었다. 하지만 양쪽 곁으로는 창이 하나도 없었다. 창에는 작은 유리들이 끼여 있었는데, 요즘에 갈아 끼운 몇몇 유리는 녹색빛으로 흐릿해 보이는 해묵은 것들 가운데서 너무나 맑아 보인다. 어떤 것들은 집안 어른들이 '거품'이라고 부르는 흠이 있어 그것을 통해 바라보면 나무는 비틀거리고 그 앞을 지나는 우체부에게는 갑작스레 혹이 달리기도 한다.

장방형의 정원은 담으로 둘러싸여 있다. 정원에는 집 앞쪽으로 그늘진 꽤 널찍한 잔디밭이 펼쳐져 있고, 모래와 자갈이 깔린 좁은 길이 잔디밭을 둘러싸고 있다. 이쪽으로는 담이 낮아 그 정원을 둘러싸고 있고, 이 지방 특유의 너도밤나무가 늘어선 길이 경계를 이루는 농가의 안마당이 내다보인다.

그리고 집 뒤 서쪽으로 이어진 정원은 한결 시원스레 펼쳐져 있다. 꽃이 만발한 샛길이 남쪽에 있는 과목(果木)의 가지런한 가지들 앞으로 뚫려 있는데, 포르투갈산(産) 월계수의 두꺼운 장막과 몇 그루 나무를 앞세워 바닷바람을 피하고 있다. 북쪽 담을 따르는 또 하나의 샛길은 나뭇가지들 사이로 사라진다. 내 사촌 누이들은 그 길을 '어두운 길'이라고 불렀는데, 저녁놀이 스러진 다음이면 감히 그 길로 들어서려고 하지 않았다. 이 두 길은 채소밭으로 통하는데 층계를 몇 개 내려서면, 그 채소밭은 아래의 정원으로 이어진다. 그리고 채소밭 구석 쪽으로, 자그마한 비밀 문이 뚫려 있는 담 저쪽 편으로 벌채림(伐採林)이 보이는데, 좌우에 너도밤나무가 늘어선 길이 그곳까지 닿아 있다. 서쪽 현관 층계로부터 시선은 이 숲 너머로 고원을 보게 되며, 고원을 뒤덮고 있는 농장의 수확물을 감탄스럽게 바라보게 된다. 지평선에서 그리 멀지 않은 곳에 작은 마을의 교회가 있고, 해 질 무렵 바람이 잔잔할 때면 마을의 몇몇 집에서 피어오르는 연기도 보인다.

아름다운 여름날 저녁이면 언제나 식사가 끝난 후 우리는 '아래정원'으로 내려갔다. 작은 비밀 문을 통과해 그 지방 일부가 내려다보이는 너도밤나무 가로수 길의 벤치가 있는 곳까지 가는 길이었다. 거기, 폐광(廢鑛)된 이회암갱(泥灰岩坑)의 초가지붕 근처에 있는 벤치에 외삼촌과 어머니 그리고 미스 애슈브르통이 앉았다. 우리 앞에 보이는 작은 계곡은 안개로 가득 차 있고, 저 멀리 보이는 숲 위 하늘은 붉게 물들어가고 있었다. 그런 다음에도 우리는 이미 어둑어둑해진 정원 깊은 데서 늦게까지 시간을 보냈다. 다시 집 안에 들어온 우리는 응접실에서 외숙모를 보게 되는데 외숙모는 거의 한 번도 우리와 함께 산책하러 나간 적이 없었다…… 우리, 아이들에게는 이것으로 저녁 시간이 끝나지만, 우리는 흔히 그보다 훨씬 후에 부모님들이 계단을 올라오는 발소리를 들을 때까지 침실에서 책을 읽곤 했다.

정원에서 보내는 시간을 제외한 거의 모든 시간은 '공부방'에서 보냈다. 그곳은 외삼촌의 서재로 책상이 몇 개 놓여 있었다. 외사촌 동생 로베르와 나는 나란히 앉아 공부했고, 등 뒤에선 줄리에트와 알리사가 나란히 앉아 공부했다. 알리사는 나보다 두 살 위고, 줄리에트는 한 살 아래였다. 로베르는 우리 네 사람 가운데 가장 어렸다.

여기서 내가 쓰려고 하는 것은 내 어린 날의 추억이 아니고, 이 이야기와 관계 있는 것들뿐이다. 이 이야기가 시작되는 때라고 말할 수 있는 것은, 바로 나의 아버지가 돌아가신 해부터다. 아마 나의 감수성, 집안의 불행과 나 자신의 슬픔 때문이 아니라면 적어도 어머니의 슬픔을 봐서 그런지 몰라도 몹시 자극받은 감수성은, 내게 새로운 감정을 불러일으켰고, 그 결과 나는 상당히 조숙한 아이였다. 그해 퐁그즈마르에 갔을 때 이미 줄리에트와 로베르는 내게 퍽 어리게 보였다. 그러나 알리사에게서 받은 느낌은 우리는 서로가 이제 더는 어린애들이 아니라는 것이었다.

그렇다, 아버지가 돌아가신 해가 분명하다. 이러한 나의 기억을 확신시키는 것은, 우리가 도착한 직후에 미스 애슈브르통과 어머니가 나누던 대화 장면이다. 나는 아무 생각 없이 어머니가 친구와 이야기하는 방에 들어섰다. 이야기는 외숙모에 관한 것이었다. 외숙모가 상복을 입지 않았다든가, 아니면 너무 일찍 벗었다든가 하는 사실 때문에 어머니는 노여워하고 있었다(사실 어머니가 밝은 옷차림을 한 것만큼이나 뷔콜랭 외숙모가 상복 차림을 한 걸 상상하기란 나에게는 불가능했다). 우리가 도착하던 그날, 지금 내가 기억하는 바로는 뤼실 뷔콜랭은 모슬린으로 만든 옷을 입고 있었다. 언제나 그렇듯이 타협적인 미스 애슈브르통은 어머니의 마음을 가라앉히려고 애쓰고 있었다. 애슈브르통은 조심스레 이런 결론을 내렸다.

"어쨌든 흰색이니까 상복 차림은 맞지."

"그럼 그녀의 어깨에 걸친 붉은 숄도 '상복' 차림이라고 하실 참인가요? 플로라, 당신은 내 화에 부채질만 하는군요" 하고 어머니는 소리를 질렀다.

내가 외숙모를 봤던 건 여름 방학 동안뿐이었는데, 내 눈에 익숙해진 가볍고 활짝 열어젖힌 웃옷은 분명 여름날의 더위 때문이었을 것이다. 그러나 어머니를 화나게 했던 건 드러낸 어깨에 걸친 숄의 불타는 듯한 색깔보다도 외숙모가 가슴을 그처럼 깊이 드러냈다는 점이었다.

뤼실 뷔콜랭은 몹시 아름다웠다. 지금 내가 간직하고 있는 외숙모의 작은 초상은 그 당시 외숙모의 모습을 보여주는데, 자기 딸들의 맏언니로나 보일 만큼 젊은 모습으로, 비스듬히 앉아서 노상 버릇처럼 하는 포즈로 왼손으로 얼굴을 갸우뚱하게 괴고 새끼손가락을 부러 멋지게 입술가로 굽히고 있다. 올이 굵은 헤어네트가 목덜미 위로 반쯤 흘러내린 곱슬머리 다발을 받치고 있고, 웃옷 깃 사이의 움푹 팬 곳엔 검정 비로드로 만든 느슨한 목걸이에 이탈리아식 모자이크 메달이 달려 있었다. 큼직한 매듭이 흔들거리는 검정 비로드 허리띠, 모자끈으로 의자 등걸이에다 걸어두던 차양이 넓은 부드러운 밀짚모자, 이 모든 것이 외숙모의 모습을 아주 앳돼 보이게 했다. 축 내려뜨린 오른손은 닫힌 책을 하나 들고 있다.

뤼실 뷔콜랭은 식민지 태생이었는데 자기 부모가 누군지 모르거나 아니면 아주 일찍이 여의었거나 둘 중 하나였다. 나중에 어머니가 내게 들려준 이야기로는, 버려졌거나 아니면 고아였는데, 그때까지 아이가 없던 보티에 목사 가족이 데리고 있다가 이윽고 그들이 마르티니크*를 떠나게 되자, 뷔콜랭 가문이 정착해 살던 르아브르로 데려왔다는 것이다. 보티에 댁과 뷔콜랭 댁은 서로 내왕이 있

---

* 서인도 제도에 있는 섬으로 핀란드의 식민지

는 처지였다. 나의 외삼촌은 그 무렵 외국에 있는 은행에 근무하고 있었다. 그가 나이 어린 뤼실을 보게 된 건, 그로부터 3년째 되던 해 비로소 그가 가족들 곁으로 돌아왔을 때였다. 외삼촌이 그 여자에게 홀딱 반해 구혼하는 바람에 부모들이며 내 어머니의 속을 어지간히 썩였다. 그때 뤼실은 열여섯 살이었다. 그러는 사이에 보티에 부인은 애를 둘이나 갖게 되었고, 달이 갈수록 야릇한 성격을 띠어가는 이 수양 누이가 애들에게 끼칠 영향을 두려워하기 시작했다. 게다가 그들이 가진 재산도 보잘것없었고…… 어머니는 이 모든 것이 보티에 댁에서 자기 동생의 청을 즐거이 받아들이게 된 연유라고 내게 들려주었다. 덧붙여 짐작해보자면, 젊은 뤼실은 그들을 몹시 곤란하게 했을 것이다. 르아브르 사교계를 어느 정도 아는 나로서는, 그처럼 매혹적인 처녀에게 어떤 시선이 돌아왔을지 쉽사리 상상이 된다. 보티에 목사는 온유하고 조심성 있는 성격이었으나 어수룩해서, 속임수엔 도무지 감당하지 못하고, 악한 짓에 대해서도 전혀 무력한 위인이란 걸 나는 나중에야 알았는데, 이 어진 분이 궁지에 몰렸을 것이다. 보티에 부인에 관해서라면 나는 아무런 말도 할 수 없다. 부인은 넷째 아이, 나와 거의 동년배이며 후에 내 친구가 될 아이를 해산하다 세상을 떠났기 때문이다.

뤼실 뷔콜랭은 우리 생활에 거의 참여하지 않았다. 점심때가 지나서야 자기 방에서 겨우 내려오는 식이었다. 그리고 이내 소파나 해먹에 몸을 길게 뻗고, 저녁때까지 드러누워 있다가 나른해져서 지친 듯이 일어나곤 했다. 그녀는 이따금 자기 이마에다(그러나 전혀 윤기라곤 없었는데), 마치 땀이라도 훔치려는 듯이 손수건을 갖다 대곤 했다. 이 손수건의 섬세함과 꽃향기라기보다는 과일 향기 같은 그 내음은 나를 경탄시키기에 충분했다. 그녀는 가끔 허리띠에서 기계줄에 여러 가지 노리개와 함께 매달려 있는 은제(銀製) 뚜껑이 달린 조그마한 거울을 꺼내곤 했다. 자기 모습을 비춰 보면서 손가락 하나를 입술에 갖다 대어 침을 조금 묻혀가지곤 눈꼬리를 축였다. 대개 책을 들고 있었지만 그 책은 거의 언제나 닫혀 있었으며, 책 속에는 조가비로 만든 페이퍼나이프 겸용 서표(書標)가 끼여 있었다. 누가 가까이 다가가도 그녀는 눈을 돌리지 않고 몽상에 빠진 채 누군지 보려고도 하지 않았다. 그리고 부주의하거나 나른해진 것 같은 손에서, 소파의 팔걸이나 스커트의 주름 사이에서 손수건이나 책, 아니면 무슨 꽃이나 페이퍼나이프가 떨어지곤 했다. 어느 날 그 책을 주워들다가 그게 시집인 것을 보고는 얼굴을 붉혔다. 지금 나는 소년 시절의 한 추억으로 이야기하고 있다.

저녁 식사가 끝난 뒤에도 뤼실 뷔콜랭은 우리가 있는 가족 테이블로는 오지 않고, 피아노 앞에 앉아서 흥취 있게 쇼팽의 느린 마주르카를 쳤다. 때로는 악절을 무시하고 어떤 한 화음을 누른 채 꼼짝 않고 있기도 했다.

외숙모 곁에선 어떤 야릇한 거북스러움이 느껴졌다. 일종의 탄미와 두려움이 뒤섞인 불안한 감정이었다. 아마도 알 수 없는 어떤 본능이 외숙모를 경계하게 만들었는지도 모른다. 게다가 외숙모는 플로라 애슈브르통과 어머니를 멸시했다. 미스 애슈브르통은 그녀를 두려워했고, 어머니는 그녀를 좋아하지 않는다는 걸 나는 느꼈다.

뤼실 뷔콜랭이여, 나는 이제 더는 당신을 원망하지도 않으며, 당신이 내게 얼마나 못된 짓을 저질렀는지도 잠시 잊고 싶은 마음입니다…… 적어도 당신에 대해서, 화를 내지 않고 나는 이야기를 하도록 하겠습니다.

그해 여름의 어느 날, 어쩌면 그다음 해일 수도 있다. 그도 그럴 것이, 언제나 똑같은 배경이므로 겹쳐진 내 추억들은 때때로 혼동된다. 나는 책을 한 권 가져오려고 응접실에 들어갔다. 외숙모가 거기 있었다. 나는 곧장 돌아나오려고 했다. 그런데 보통 때는 거들떠보지도 않는 것 같던 외숙모가 나를 불렀다.

"왜 그렇게 곧장 내빼려고 하지? 제롬! 내가 무서우니?"

나는 두근거리는 가슴을 억누르며 외숙모 곁으로 갔다. 억지로 외숙모에게 웃어 보이고 손도 내밀었다. 외숙모는 한 손으로 내 손을 감싸 쥐고, 다른 손으론 나의 뺨을 어루만졌다.

"어쩜, 네 엄만 널 이처럼 흉하게 입힌담, 가엾게도……."

그때 나는 깃이 널따란 세일러복 같은 것을 입고 있었다. 외숙모는 그 옷을 만지작거리기 시작했다.

"세일러복의 칼라는 뒤로 더 젖혀 입는 거야!"

외숙모는 내 셔츠의 단추를 풀면서 말했다.

"자! 보렴, 이렇게 하니까 한결 낫지 않니?"

그러고는 그 조그마한 거울을 꺼내면서 자기의 얼굴에다 내 얼굴을 끌어당기고, 드러난 팔로 내 목을 감더니 반쯤 열린 내 셔츠 속으로 손을 미끄러뜨려, 웃으면서 내가 간지럼을 타는지 어떤지를 묻고 손을 더 깊숙이 아래로 밀어넣었다…… 내가 하도 갑작스레 펄쩍 뛰는 바람에 세일러복이 그만 찢어지고 말았다. 내 얼굴은 벌겋게 달아올랐다.

"어머나! 저런 바보 좀 봐!"라고 외숙모가 외치는 사이에 나는 몸을 빼내 달아났다. 그러곤 정원 구석까지 내달았다. 거기서 채소밭의 조그만 빗물통에 손수건을 적셔 이마를 닦고 볼이랑 목덜미 할 것 없이 외숙모가 만졌던 곳은 전부 닦고 문질렀다.

때때로 뤼실 뷔콜랭에게는 그 '발작'이 일어나곤 했다. 발작은 불시에 그녀를 사로잡았고, 집 안을 뒤엎었다. 미스 애슈브르통이 부랴부랴 데리고 나가 애들을 돌보았지만 침실이나 응접실에서 새어 나오는 그 무서운 고함 소리를 아이들이 듣지 않도록 막을 수는 도저히 없었다. 외삼촌이 그만 미친 사람이 다 되어 수건이나 오드콜로뉴, 에테르 등을 찾느라고 복도를 뛰어다니는 소리가 들렸다. 외숙모의 모습이 나타나지 않은 저녁 식탁에서 외삼촌은 줄곧 걱정에 잠긴 늙수그레한 안색이었다.

발작이 거의 끝나갈 즈음이면 뤼실 뷔콜랭은 아이들을 자기 가까이 불렀다. 로베르와 줄리에트만을. 알리사를 부른 적은 결코 없었다. 이런 우울한 날이면, 알리사는 자기 방에 틀어박혀 있었고, 그녀의 아버지가 때때로 그녀를 보려고 찾아가곤 했다. 외삼촌은 가끔 그녀와 이야기를 나누었다.

외숙모의 발작은 하인들에게 큰 충격을 주었다. 발작이 유별나게 심했던 어느 날 저녁, 어머니와 내가 응접실에서 벌어지고 있는 일이 비교적 안 들리는 어머니의 방에 갇혀 있는데, "주인님, 빨리 내려오세요, 마님이 지금 돌아가시려고 해요!"라고 식모가 소리치며 복도를 달려가는 소리가 들렸다.

외삼촌은 알리사의 방에 올라가 있었다. 외삼촌을 부르러 어머니가 나가고 한 15분쯤 지났다. 두 분이 내가 있던 방의 열려 있는 창 앞을 무심히 지나갈 때 어머니의 말소리가 들려왔다.

"내 말을 할까? 이건 모두 다 연극이야."

그리고 몇 번이나, 음절을 똑똑히 떼어 발음하며 "연극이야"라고 말했다.

이것은 방학이 끝날 무렵에 있었던 일로 아버지가 돌아가신 지 2년째 되던 해이다. 그 일이 있고 난 뒤 나는 오랫동안 외숙모를 다시 볼 수 없었다. 그러나 우리 집안을 뒤집어놓은 그 슬픈 사건에 관해 이야기하기 전에, 그리고 그러한 결말이 나기 조금 앞서, 내가 뤼실 뷔콜랭에 대해 느끼던 복잡하고도 막연한 느낌을 뚜렷한 증오감으로 만들어버린 우연하고도 사소한 사건 하나를 이야기하기 전에, 나의 외사촌 누이에 관해 이야기할 때가 된 듯싶다.

알리사 뷔콜랭이 예뻤다는 걸 나는 그때까지도 아직 느끼지 못하고 있었다. 단순한 아름다움의 매력이 아니라, 다른 어떤 매력에 끌려 나는 그녀 곁으로 다가갔고 머무르게 되었다. 확실히 그녀는 자기 어머니를 많이 닮았다. 그러나 그 눈매가 자기 어머니와는 퍽 달랐기 때문에 나는 그들이 닮았다는 것을 나중에야 깨달았다. 나는 지금 그녀의 얼굴 모습을 전혀 표현할 수가 없다. 얼굴 윤곽이며, 눈동자의 색깔마저도 생각해낼 수가 없다. 그 무렵에 벌써 수심이 서려 있던 그 미소 짓는 표정과 커다란 반원을 그리며 그처럼 유별나게 눈과 떨어져 올라붙은 눈썹의 선이 기억날 뿐이다. 그러한 눈썹을 나는 어디서도 본 적이 없다…… 다만, 단테 시대 피렌체의 작은 입상(立像)에서나 보았을 뿐. 그래서 어린 시절의 베아트리체도 그런 눈썹처럼 아주 커다랗게 호선을 그린 눈썹이었으리라고 나는 상상한다. 그 눈썹은 그녀의 눈매에 아니, 몸 전체에 근심을 띤, 그러면서도 남을 믿는 듯한 질문의 표정. 그렇다, 열정적인 질문의 표정을 만들어주었다. 그녀 내부에 있는 모든 것은 다만 물음이며, 또 기다림이었다…… 이런 물음이 나를 어떻게 사로잡았고, 나의 생애를 어떻게 만들었는지를 나는 이야기하려고 한다.

하지만, 줄리에트가 더 예뻐 보일 수도 있었다. 그녀에게선 즐거움과 건강이 눈부시게 빛을 내고 있었으니까. 그러나 그녀의 아름다움은 언니의 우아함에 비하면 외형적이고, 누구에게나 단번에 드러날 듯이 보였다. 외사촌 로베르로 말하면 특별한 것이라곤 하나도 없는 성격이었다. 그저 내 또래의 엇비슷한 사내아이였다고 할 수밖에 없다. 나는 줄리에트와 로베르와는 어울려 놀았고 알리사와는 이야기를 했다. 알리사는 우리의 놀이에 거의 끼어들지 않았다. 아무리 까마득한 데까지 과거를 더듬어봐도, 그녀는 진지하고 부드러운 미소를 지은, 생각에 잠긴 듯한 모습밖에 떠오르지 않는다. 무엇에 관해 우리는 이야기를 했던가? 어린애들 둘이서 나눌 수 있는 이야기란 무엇에 관해서일까? 이제 곧 당신들에게 그걸 이야기하겠다. 하지만 그에 앞서, 다시는 외숙모의 얘기를 꺼내지 않아도 되게끔 그녀에 관한 이야기를 마무리 짓고 싶다.

아버지가 세상을 떠난 지 2년 되던 때, 나와 어머니는 부활절 휴가를 보내러 르아브르에 갔다. 시내에서 어지간히 비좁게 살고 있던 뷔콜랭 외삼촌 댁에 머무르지 않고, 집이 훨씬 넓은 큰이모 댁에서 지냈다. 별로 만나볼 기회가 없었던 블랑티에 이모는 오래전부터 과부로 지내고 있었다. 기질도 아주 다르고 나이도 나보다 훨씬 많은 이모네 애들을 나는 겨우 얼굴이나 알 정도였다. 르아브르에서 모두 '블랑티에 댁'이라고 부르는 이모네 집은 시내에 있지 않고, '산기슭'이라고 불리는, 시내가 내려다보이는 언덕의 중턱쯤에 있었다. 뷔콜랭 외삼촌네는 상가 근처에 살고 있었는데, 가파른 언덕길로 두 집 사이를 아주 순식간에 왕래할 수 있었다. 하루에도 몇 번씩이나 나는 이 길을 뛰어 내려갔다가는 다시 기어오르곤 했다.

그날, 나는 외삼촌 댁에서 점심을 먹었다. 식사가 끝나고 얼마 안 되어 외삼촌은 곧 밖으로 나갔다. 나는 그의 사무실까지 따라갔다가, 다시 어머니를 찾으러 블랑티에 댁으로 올라갔다. 가서 보니 어머니는 이모와 함께 외출하고 없고, 저녁 식사 때에나 들어오시리라는 것이었다. 나는 곧장 시내로 내려왔다. 내 멋대로 시내를 돌아다닐 수 있다는 건 흔한 일이 아니었다. 나는 부둣가로 나갔다. 부두는 바다 안개로 침울해져 있었다. 한 두어 시간 선창가를 쏘다녔다. 갑자기 이제 막 작별하고 온 알리사를 불쑥 찾아가서 깜짝 놀래주고 싶은 충동이 나를 사로잡았다…… 나는 달음박질해 시내를 가로질러 가서, 뷔콜랭 댁의 초인종을 눌렀다. 이미 나는 층계를 뛰어오르고 있었다. 내게 문을 열어준 하녀가 나를 가로막고 말했다.

"제롬 도련님! 올라가지 마세요. 올라가지 마시라니까요. 마님이 발작이 나셨어요."

그러나 나는 뿌리치고 올라갔다.

"난 외숙모 만나러 온 거 아니야……."

알리사의 방은 4층에 있었고 2층엔 응접실과 식당, 3층엔 외숙모의 방이 있었는데, 거기서 말소리가 새어 나오고 있었다. 방문은 열려 있었고 나는 그 앞을 지나야만 했다. 한 줄기 불빛이 방에서 흘러나와 층계참을 가로지르고 있었다. 들킬까 봐 걱정되어 나는 잠시 머뭇거리다가 곧 몸을 숨겼다. 그러나 다음과 같은 것을 보고 나는 어리벙벙해졌다. 커튼이 쳐져 있기는 했지만 두 개의 갈대 촛대에 꽂혀 있는 촛불이 즐거운 빛을 풀어내고 있는 방 한가운데에 외숙모가 긴 의자에 누워 있고, 그 발밑에 로베르와 줄리에트가, 외숙모 뒤로는 중위 군복을 입은 낯선 젊은 사내가 있었다. 그 두 아이가 그곳에 있었다는 건 지금 생각해보면 망측한 일이지만, 그 무렵의 순진한 나로서는 오히려 그게 안심이 되었다. 맑고 부드러운 음성으로 이런 말을 되풀이하고 있는 그 낯선 사람을 애들은 웃으면서 바라보고 있었다.

"뷔콜랭! 뷔콜랭……! 내게 양 한 마리가 있다면 나는 틀림없이 뷔콜랭이라고 부를걸."*

외숙모조차 깔깔대며 웃고 있었다. 외숙모가 젊은 사내에게 담배 한 대를 내밀자 그가 불을 붙여주고 외숙모가 몇 모금 빠는 것을 보

---

* 목가(牧歌)라는 의미의 뷔콜랭이란 말을 흉내 낸 농담

22

왔다. 담배가 방바닥에 떨어졌다. 사내는 담배를 주우려고 달려와, 외숙모의 숄에 발이 감긴 척하면서 외숙모 앞에 무릎을 꿇었다. 우스꽝스러운 이 연극 덕분에 나는 들키지 않고 4층으로 올라갔다.

드디어 알리사의 방문 앞에 다다랐다. 잠시 기다렸다. 웃음소리가 섞인 떠들썩한 소리가 아래층에서 들려왔다. 그 소리가 문 두드리는 소리를 덮어버렸는지 대답이 없다. 나는 지그시 문을 밀었다. 문이 조용히 열렸다. 실내는 몹시 어두워 얼른 알리사를 알아볼 수가 없었다. 저무는 햇살이 스며드는 창문을 등지고 알리사는 침대 머리에 무릎을 꿇고 앉아 있었다. 내가 가까이 가자, 그녀는 고개를 돌렸지만 일어서지는 않고 조용히 소곤거리듯 말했다.

"오! 제롬, 왜 돌아왔니?"

나는 입을 맞추려고 몸을 굽혔다. 그녀의 얼굴은 온통 눈물에 젖어 있었다.

이 순간이 내 일생을 결정했다. 지금도 나는 괴로움을 느끼지 않고서는 그 순간을 회상할 수 없다. 물론 알리사의 슬픔의 원인에 대해서는 아주 어렴풋하게밖에 짐작할 수 없었지만 나는 그 슬픔이, 팔딱거리는 이 작은 영혼과 오열로 온통 흔들리는 연약한 이 육신에는 너무나 벅찬 것이라는 것을 뼈저리게 느꼈다.

여전히 무릎을 꿇고 있는 알리사 곁에 꼼짝하지 않고 나는 서 있었다. 솟구치는 가슴속의 격정을 어떻게 표현해야 할지 나는 몰랐다. 다만 그녀의 머리를 내 가슴에 대고, 내 영혼이 흘러넘치는 입술을 그녀의 이마에 대고 있었다. 사랑과 연민에 취하고, 감격과 희생과 미덕이 뒤섞인 어떤 막연한 감정에 잠겨, 나는 내 모든 힘을 다해 하느님에게 호소하며 내 삶의 목적은 이제 다만 공포와 악과 삶에서 그녀를 보호하는 것뿐이라고 생각하면서 내 몸을 스스로 바치기로 했다. 기도로 가득 찬 나도 마침내 무릎을 꿇었다. 나는 그녀를 내 몸으로 보호하듯 감쌌다. 어렴풋이 그녀가 말하는 걸 들었다.

"제롬! 그들이 너를 못 봤지, 그렇지? 자! 빨리 가! 그들이 너를 보면 안 돼."

그리고 한결 낮은 소리로 덧붙였다.

"제롬, 아무한테도 말하지 마! 가엾은 아버지는 아무것도 모르시니까……."

나는 어머니에게조차 말하지 않았다. 하지만 블랑티에 이모가 어머니와 나누던 끊임없는 그 수군거림이며, 그 두 여인네가 짓던 안절부절못하며 근심스러워하고 무언가를 숨기는 듯한 표정이며, 밀담하는 곳에 내가 가까이 갈 때마다 "얘, 저리 가서 놀려무나" 하시면서 나를 멀리하던 일, 이 모든 것이 그분들도 뷔콜랭 댁의 비밀을 전혀 모르지는 않는다는 것을 내게 가르쳐주었다.

우리가 파리에 돌아오자마자 한 장의 전보가 다시 어머니를 르아브르로 불러갔다. 외숙모가 달아나버렸다는 소식이었다.

"누구와 함께요?"

나는 어머니가 나를 맡긴 미스 애슈브르통에게 물었다.

"얘, 그런 건 어머님께나 여쭤보렴. 난 네게 아무것도 대답할 수가 없구나."

이 사건에 어리둥절해진 올드미스 친구는 말했다.

이틀 후, 그녀와 나는 어머니께 갔다. 토요일이었다. 따라서 나는 다음날 외사촌 누이들을 교회에서 만날 것이었다. 내 마음은 오직 이 생각으로 꽉 차 있었다. 어린 마음에는 이런 장소에서 만남으로써 우리의 재회가 신성화된다는 것이 몹시 대견스러웠다. 아무튼 외숙모에 대해선 거의 생각도 안 했다. 그리고 어머니에게도 캐묻지 않는 것이 체면이 서는 것이라 여겼다.

조그마한 예배당에는 그날 아침 사람들이 별로 많지 않았다. 보티에 목사는, 아마도 일부러 그런 것이 분명했지만, 묵도를 위한 설교 재료로 그리스도의 이 말씀을 택했다.

"좁은 문으로 들어가기를 힘쓰라."

알리사는 나보다 몇 자리 앞에 있었다. 나는 그녀의 옆모습만을 보았다. 나 자신을 잊은 채 그녀를 뚫어지게 바라보고 있었기 때문에 온 정신을 기울여 듣고 있는 그 말씀도 그녀를 거쳐서 듣는 듯했다. 외삼촌은 어머니 곁에 앉아 눈물을 흘리고 있었다.

목사는 먼저 전 구절을 다 읽었다.

"좁은 문으로 들어가기를 힘쓰라. 멸망으로 인도하는 문은 크고 그 길이 넓어 그리로 들어가는 자가 많고, 생명으로 인도하는 문은 좁고 협착하여 찾는 이가 적음이라."

그러고 나서 주제를 분명하게 가르면서, 우선 넓은 길에 대한 말씀을 했다. ……멍하게 나는 꿈속인 양 외숙모의 방을 다시 회상하고 있었다. 드러누운 채 웃고 있던 외숙모를 그려보았다. 역시 웃고 있던 번지르르한 장교를 그려보았다. ……웃음이니 즐거움이니 하는 것 자체가 바로 불쾌하고 모욕적인 것으로 생각되고 죄악의 징그러운 상징인 것같이 여겨졌다.

"그리로 들어가는 자가 많고" 보티에 목사는 말을 계속했다. 이어 자세히 설명이 이어지기에, 나는 시시덕거리며 싱글벙글 앞으로 나가면서 행렬을 이루는 호사스러운 차림의 군중을 보았다. 나는 그런 행렬에 낄 수도 없겠지만 끼고 싶지도 않았다. 내가 그들과 함께 걸어 나갈 그 한 걸음 한 걸음이 알리사로부터 나를 멀리 떼어놓을 것 같았기 때문이었다. 그런 다음 목사는 인용구의 첫 대목을 되풀이해 말했고, 나는 애써 들어가야 할 그 좁은 문을 보았다. 내가 잠겨 있던 꿈속에서 나는 그 문을 흡사 일종의 금속 압연기(壓延機)처럼 상상하고는 그 속으로 힘써 들어갔다. 유난스러운 고통이긴 하지만 그 고통엔 천국의 지복(至福)의 전조가 섞여 있는 그런 고통을 맛보며 들어가는 거라고 생각했다. 그러자 그 문은 다시 알리사를 찾아가던 바로 그 방문이 되었다. 그 문으로 들어가기 위해, 나는 나 자신을 무(無)로 돌리고, 내 안에 남아 있는 모든 이기적인 것을 버리는 것이었다…….

"생명으로 인도하는 길은 좁기 때문이니라."

보티에 목사는 계속했다.

나는 모든 고행과 온갖 비애의 저 너머로, 또 다른 하나의 순수하고 신비스러우며 맑고 깨끗한 천사의 기쁨을, 내 영혼이 이미 목마르게 갈망하고 있는 그 기쁨을 상상하며 예감했다. 내게는 그 기쁨이 날카로우면서도 부드러운 바이올린 소리와도 같았고, 알리사의 마음과 내 마음이 타서 한데 말라붙는 날카로운 불길처럼 상상되었다. 우리 두 사람은, 〈묵시록〉이 말해주는 그런 하얀 옷들을 입고 손을 잡은 채 똑같은 하나의 목표를 바라보며 나아갔다…… 어린애의 이러한 꿈이 웃음을 자아내게 한들 그게 나와 무슨 상관이 있을 것인가! 나는 지금 조금도 거짓 없이 사실을 이야기하고 있다. 명료하지 않게 보이는 점이 있다면 그건, 하나의 아주 뚜렷한 감정을 나타내는 데에는 충분치 않은 영상과 언어들 때문이리라.

"찾는 이가 적음이니라."

보티에 목사는 끝을 맺었다. 목사는 어떻게 좁은 문을 찾을 수 있는가를 설명했다…… '찾는 이가 적음이니라.' 나는 그들 중에 하나가 될 것이다…….

설교가 끝날 무렵, 나의 마음은 적잖이 고조되어 있었다. 예배가 끝나자마자 알리사를 만날 생각도 하지 않고 뛰쳐나와 버렸다. 자랑스러운 마음으로 벌써부터 내 결심을 (나는 이미 결심해버렸다) 시련에 부대끼게 하고 싶었고, 당장에 그녀 곁을 떠나서 한결 그녀에게 값하리라는 생각 때문이었다.

2

이 준엄한 교훈은 그 의무를 수행할 준비가 되어 있을 뿐 아니라, 천성적으로 그 의무에 합당한 영혼을 찾아냈다. 게다가 부모님이 보인 모범이 마음의 충동을 억눌러주던 청교도적 규율과 결합되어 이 영혼을 내가 '덕'이라고 부르고 싶어 하던 것으로 이끌어 가버리고 말았다. 나 자신을 억제한다는 것은, 남들이 자기 자신에 탐닉하는 것과 마찬가지로 나에게는 자연스러운 일이었고, 나를 얽매어놓았던 이러한 엄격한 규율도 나를 싫증 나게 하기는커녕 오히려 우쭐하게 했다. 내가 미래에서 찾고자 하는 것은 행복 자체라기보다는 행복을 얻기 위한 그 끝없는 노력이었다.

이처럼 나는 어린 시절부터 행복과 덕을 혼동했다. 물론 열네 살 소년으로서 나는 아직도 사리가 분명하지 못하고, 무엇이든 할 수 있는 자유로운 상태였다. 그러나 이윽고 알리사를 향한 사랑은 단

호하게 나를 그런 방향으로 몰고 갔다. 그 감정은 갑작스러운 내심의 계시(啓示)였고, 그 계시 덕분에 비로소 나 자신에 대한 의식을 갖게 되었다. 곧 나에게는 나 자신이 내향적이며, 밖으로 잘 나타내지 않고, 언제나 기다림으로 가득 차 있고, 어떤 일이나 서투르게 시도해보며, 자기 자신을 이겨낸다는 것 외에는 아무런 승리도 생각지 않는 것으로 보였다. 나는 공부를 좋아했고, 장난을 해도 머리를 쥐어짜야 하는 것이나 힘든 것이 아니면 열중하지 않았다. 내 나이 또래의 친구들은 별로 사귀지도 않았고, 같이 어울려 그들의 장난에 맞장구를 친다고 하더라도, 그것은 다만 우정이나 호의로서일 뿐이었다. 아벨 보티에만은 예외였는데 그는 다음 해 파리에 와서 나와 같은 학급에 있게 된 아이였다. 상냥하고 별로 열정도 없는 애로서, 존경보다는 정다움을 느끼는 사이였지만, 적어도 그와 어울리게 되면, 내 생각이 끊임없이 날아 되돌아가는 르아브르와 퐁그즈마르에 관해 이야기할 수 있었다.

외사촌 동생인 로베르 뷔콜랭으로 말하자면, 우리와 같은 중학교 기숙사에 들어오기는 했지만, 두 학년 아래였고, 그저 일요일에나 만날 따름이었다. 외사촌 누이의 동생이 아니었던들 아마도 나는 그를 만나볼 생각조차 하지 않았을 것이다. 게다가 그는 누이들과 닮은 점도 거의 없었다.

당시 나는 온통 사랑에 몰두해 있었고, 로베르와 아벨과 나누던 우정이 나에게 무슨 중요성을 갖는다면, 그건 다만 그 사랑의 빛을 받았기 때문일 터였다. 알리사는 복음서에 나오는 그 값진 진주와 같았고, 나는 진주를 얻기 위해 자기가 소유한 모든 것을 팔아버리는 장사치였다. 아직 어린 나이에 사랑에 관해 이야기하고, 게다가 사촌 누이에 대해 느끼는 감정을 그렇게 부른다 해서 큰 잘못이 되는 것일까? 그 뒤로 내가 겪은 그 어느 것도 이보다 더 사랑이라는 이름에 어울린다고 여겨지는 것은 없었다. 그뿐만이 아니라 가장 뚜렷하게 육체적인 불안으로 괴로워하는 나이가 되었을 때조차 내 감정은 별로 그 성질이 달라지지 않았다. 이를테면 어린 시절에 오직 그녀에게만 어울리는 인간이 되려고 마음먹었던 것에서 그녀를 더욱더 직접적으로 소유하겠다고 열망한 적이 없었다는 얘기다. 공부, 노력, 경건한 행동 따위, 이런 모든 것을 나는 신비롭게도 알리사에게 바쳤다. 다만 그녀를 위해서 하는 일조차도 흔히 그녀가 모르도록 하는 것이 한층 값진 덕을 쌓는 것이라고 생각했다. 이처럼 나는 독한 술 같은 일종의 겸양에 도취해 있었고, 오! 자신의 쾌락은 염두에 두지 않은 채 나에게 무슨 노력이 요구되는 것이 아니면 어떤 일에도 만족지 못하는 버릇에 길들었다.

나만 이러한 경쟁심에 분발했던 것일까? 알리사는 그런 것에 대해선 아는 것 같지도 않았고, 그녀만을 위해 애쓰고 있는 나 때문에, 혹은 나를 위해 무얼 하는 것 같지도 않았다. 꾸밈이라곤 아무것도 없는 그의 영혼 속에선 모든 것이 가장 자연스러운 아름다움을 띠고 있었다. 그녀의 덕은 퍽 여유 있고 우아해서, 하나의 포기 상태처럼 보일 정도였다. 어린애와도 같은 천진난만한 미소 때문에 그녀의 엄숙한 시선까지도 오히려 매력적이었다. 그처럼 아늑한, 그처럼 다정스러운, 무언가를 묻는 듯한 시선을 살며시 들어 올리는 모습이 지금도 눈에 선하다. 그러고 보면 외삼촌이 혼란스러울 때마다 만딸 곁에 앉아 도움과 의견과 위안을 구하던 것도 이해가 간다. 그 이듬해 여름, 나는 외삼촌이 그녀와 이야기하는 것을 종종 보았다. 슬픔은 그를 몹시 노쇠하게 했다. 식사 중에도 거의 말을 하지 않았고, 이따금 즐거운 표정을 불쑥 지어내곤 했지만 그것은 억지일 뿐이라서 아무 말 않고 잠자코 있는 것보다 견디기 어려웠다. 저녁에 알리사가 모시러 갈 때까지 서재에 틀어박혀 담배만 피우기 일쑤였고, 알리사가 빌다시피 해야 겨우 방에서 나왔다. 알리사는 외삼촌을 마치 어린애처럼 다루어 정원으로 이끌었다. 꽃이 피어 있는 오솔길을 따라 둘이서 걷다가 채소밭 층계 근처, 의자를 몇 개 가져다 놓은 둥그런 갈림터 가까이 앉았다.

어느 날 저녁, 적갈색의 우람한 너도밤나무 중 한 그루의 그늘 진 잔디밭에 누워 책을 읽느라고 꽤 늦었던 때였다. 꽃이 피어 있는 그 오솔길과 나 사이엔 월계수 울타리가 있을 뿐 보이지는 않아도 소리가 들려오는 곳인데, 알리사와 외삼촌의 말소리가 들렸다. 분명히 로베르에 관해 이야기를 하고 난 참이었던 모양이다. 그때 알리사의 입에서 내 이름이 들렸다. 이어 그들의 이야기를 알아들을 수 있게 되자, 외삼촌이 큰 소리로 외치듯 말하는 것이었다.

"음! 그 애는 언제까지나 공부를 좋아할 거야."

엉겁결에 엿듣는 자가 되어버린 나는, 그 자리를 떠나버리거나 그들에게 내가 있다는 것을 알릴 수 있는 최소한의 어떤 행동을 하고자 했다. 하지만 어떻게? 기침을 할까? 소리를 칠까? "나, 여기 있어요, 당신네들 말소리가 들려요"라고. 내가 아무 소리 없이 잠자코 있었던 것은, 더 들어보려는 호기심에서라기보다는 난처함과 수줍음이 앞섰기 때문이었다. 게다가 그들은 다만 지나가는 중이었고, 이야기 소리는 희미하게 들려왔던 것이니…… 그러나 두 사람은 천천히 걷고 있었다. 아마도 알리사는 늘 그렇듯이 팔목에 가벼운 바구니를 걸고서, 시든 꽃을 따버리기도 하고 잦은 바다 안개 때문에 아직 푸릇푸릇한 채로 떨어진 열매를 울타리 밑에서 주워내고 있었던 모양이다. 그녀의 맑은 목소리가 들려왔다.

"아버지, 발리시에 아저씨는 훌륭한 분이었어요?"

외삼촌의 목소리는 낮고도 희미했다. 그의 대답은 알아듣지 못했다. 알리사가 우겨댔다.

"아주 훌륭했죠, 안 그래요?"

또다시 너무나 희미한 대답. 그러자 또 알리사의 말.

"제롬은 머리가 좋지요, 그렇죠?"

어떻게 내가 귀를 곤두세우지 않을 수 있었을까?…… 그러나 나는 한마디도 알아들을 수 없었다. 다시 알리사가 말을 이었다.

"제롬이 훌륭한 사람이 되리라고 생각하세요?"

여기서 외삼촌의 음성이 높아졌다.

"하지만 얘야, 우선 알고 싶은데, 넌 어떤 뜻으로 '훌륭한'이란 말을 쓰고 있지? 보기엔 그렇지도 않고, 적어도 인간의 눈에는 그렇게 안 보이는데 사실은 아주 훌륭한 사람도 있는 법이야…… 하느님 눈으로 보면."

"저도 그런 뜻으로 말한 거예요."

알리사가 말했다.

"그렇기도 하거니와……그걸 어떻게 알 수가 있겠니? 그앤 아직 너무 어리니 말이다…… 그래, 확실히 그앤 아주 유망하기야 하지. 하지만 성공하자면 그것만으로 충분한 것은 아니란다……."

"그럼 또 뭐가 있어야 해요?"

"뭐랄까? 신뢰라든가, 도움이라든가, 사랑이라든가……."

"도움이라니, 뭘 말씀하시는 거예요?"

알리사가 가로막고 물었다.

"나에게는 없었던 애정과 존경 말이다."

외삼촌은 쓸쓸하게 대답했다. 그러자 그들의 소리는 아주 들리지 않게 되고 말았다.

저녁 기도 시간에 뜻하지 않게 저지른 나의 지각없는 행동을 뉘우치고, 알리사에게 고백하리라 마음먹었다. 그때에는 필경 좀 더 알려는 호기심이 섞여 있었을 것이다.

다음 날 내가 첫마디를 꺼내자마자, 알리사는 대뜸 말했다.

"하지만 제롬, 그렇게 엿듣는 건 아주 나쁜 짓이야. 기척을 내든가 아니면 자리를 떠났어야지."

"정말이지 엿듣진 않았어…… 들으려고 안 했는데, 들려왔단 말야…… 그리고 그냥 지나가는 참이어서……."

"우린 천천히 걷고 있었다구."

"그렇긴 해도 내겐 겨우 들릴락말락 했을 뿐이야. 그리고 곧 못 듣게 됐어…… 알리사, 그런데 말야, 성공하려면 무엇이 필요한가를 물었을 때, 외삼촌이 뭐라고 대답하셨지?"

"제롬!"

알리사는 웃으며 말했다.

"모두 들어놓고선! 나한테 또 되풀이시켜놓고 즐기려고 그러지?"

"정말 첫마디밖엔 못 들었대도 그래…… 신뢰니 사랑이니 말씀하셨을 때 말야."

"그러시고는 그것 말고도 여러 가지가 필요하다고 하셨어."

"그래, 뭐라고 대답했는데?"

그녀는 갑자기 정색하고 말했다.

"인생에서의 도움을 말씀하시길래, 네겐 어머니가 계신다고 대답했어."

"오! 알리사, 언제까지나 어머니가 나하고 함께 계시겠니? 더구나 그건 서로 다른 일 아니니?"

알리사는 고개를 숙였다.

"아버지도 그렇게 말씀하셨어."

나는 부르르 떨면서 그녀의 손을 잡았다.

"나중에 내가 뭐가 되든 그건 다 알리사를 위해서야."

"하지만 제롬, 나도 너를 떠날지 모르는 거잖아?"

나는 진심을 다해 말했다.

"난, 나는 결코 너를 떠나지 않겠어."

그녀는 어깨를 좀 흠칫했다.

"너는 혼자서 나아갈 만큼 굳세지 못한 거니? 우리는 저마다 오로지 혼자 힘으로 하느님을 찾아야 하는 거야."

"하지만 내게 그 길을 가르쳐주는 건 바로 알리사야."

"왜 너는 그리스도 아닌 다른 안내자를 찾으려고 하니?…… 우리 서로가 가장 가까이 있을 수 있는 것은, 우리 둘이 저마다 서로를 잊고 하느님께 기도드릴 때뿐이라고 생각하지 않니?"

"그래, 우리의 결합, 나는 그것을 아침저녁으로 하느님께 빌어."

나는 말을 가로챘다.

"아니, 너는 하느님 안에서 결합한다는 게 무슨 말인지 알고 하는 얘기니?"

"진심으로 나는 다 알고 있어. 그건 두 사람이 찬양하는 같은 것 안에서 서로 다시 미칠 듯이 만나는 걸 말해. 알리사가 찬양하는 것을 나 역시 찬양하는 건, 바로 알리사를 다시 만나보려는 생각인 것 같아."

"찬양이 도무지 순수하지 않구나."

"나한테 너무 큰 걸 바라지 마. 천국이라도 거기서 알리사를 다시 만나지 못한다면 천국 같은 건 그만둘 테야."

그녀는 자기 입술에 손가락을 하나 갖다 대더니 약간 엄숙한 태도로 말했다.

"너희는 먼저 그의 나라와 그의 의를 구하라."*

우리가 주고받던 말들을 옮기다 보니 어린아이들이 얼마나 애써 심각한 이야기를 하고 싶어 하는지 모르는 사람들에게는, 이런 말들이 조금도 어린애답지 않게 보이리라는 느낌이 든다. 그렇다고 어떻게 할 것인가? 그 이야기들에 대해 변명이라도 해야 할까? 우리가 나누던 말들을 더 자연스럽게 여겨지도록 꾸미고 싶지 않은 것과 마찬가지로 그런 변명 또한 나는 하고 싶지 않다.

---

* 〈마태복음〉 6장 33절

우리는 라틴어판 복음서를 구해서 긴 구절들을 암송하곤 했다. 자기 동생을 도와준다는 구실로 알리사는 나와 함께 라틴어를 배웠다. 지금 추측해보건대, 라틴어를 배운 것은 내 독서를 따라오기 위한 것 같다. 그리고 사실 그녀가 나를 따라오지 못하리라고 생각했던 공부에서는 나도 별반 재미를 찾으려 들지 않았다. 그러한 것이 때때로 방해가 되었다고 할지라도 남들이 생각하기 쉽듯이 내 정신의 비약을 가로막는 것은 아니었다. 오히려 그와는 반대로 그녀는 어디서나 자유로이 나를 앞서는 것처럼 보였다. 그러나 나의 정신은 그녀를 통해 정해진 길로 나아갔고, 그 무렵 우리 마음을 차지하고 있던 것이나 우리가 '사색'이라고 부르던 것은 좀 더 학문적인 어떤 공감에 대한 구실이었거나 감정의 가장, 사랑의 겉치레에 불과했던 경우가 많았다.

처음엔 아직 그 깊이를 알 수 없는 나의 그러한 감정을 어머니는 걱정했던 것 같다. 그러나 자신의 기력이 점점 기우는 것을 느끼는 시점에 와서는, 우리 두 사람을 모성적인 포옹 안에서 결합시키고자 했다. 오래전부터 앓고 있던 어머니의 심장병은 갈수록 더 심해졌다. 발작이 유별나게 심하던 어느 날 어머니는 나를 가까이 부르셨다.

"애야, 너도 보다시피 이제 난 퍽 늙었다. 어느 날엔가 널 두고 갑자기 가버리겠지."

몹시 숨이 가빠져서 어머니는 말씀을 끊었다. 참을 수가 없어서 그만 나는 소리치고 말았다. 내가 말씀드리기를 어머니가 기다리셨으리라고 생각되는 말을.

"어머니……, 아실 테지만 전 알리사하고 결혼하고 싶어요."

그러자 내 말이 분명 어머니의 가장 깊은 내심의 생각에 이어졌음인지 곧 말씀을 이으셨다.

"그래, 내가 지금 말하려던 것도 바로 그거다, 제롬."

"어머니!"

나는 흐느끼며 말했다.

"그 애도 저를 사랑한다고 믿으시죠? 그렇죠?"

"그럼, 얘야."

어머니는 몇 번이나 부드럽게 되풀이하셨다.

"그럼, 얘야"라고.

어머니는 말하는 것도 힘들어했다. 어머니는 덧붙여 말하기를 "하느님이 하시는 대로 맡겨두어야 해"라고 하셨다.

그런 다음, 어머니 곁에 고개를 숙이고 있는 내 머리에 손을 얹고 말씀하셨다.

"하느님이 너희를 보호해주시길! 너희 둘을 하느님이 보호해주시옵기를" 하고 말씀하시더니 옅은 잠 속으로 빠져들었다. 나는 어머니를 깨우려 들지 않았다.

이 이야기는 두 번 다시 되풀이되지 않았다. 그 이튿날엔 어머니도 기분이 좀 나아졌다. 나는 강의 때문에 다시 학교로 갔고, 그래서 절반밖에 못한 속내 이야기 위에 다시금 침묵이 덮였다. 게다가 내가 무엇을 더 이상 알 수 있었을 것인가? 알리사가 나를 사랑한다는 사실은 한순간도 의심할 수 없었다. 설령 그때까지는 내가 미심쩍어했다 할지라도, 그 뒤를 이어 일어난 슬픈 사건에 즈음해서는 그러한 의심도 영원히 내 가슴에서 사라지고 말았다.

　어느 날 저녁 어머니는 나와 미스 애슈브르통이 지켜보는 가운데 조용히 운명하셨다. 어머니를 데려가버린 그 마지막 발작도 처음엔 그전 발작보다 더 심한 것 같지는 않았다. 마지막 무렵이 되어서야 위태로운 증세를 보였기 때문에, 친척 중 누구 하나도 임종 직전에 뛰어올 틈이 없었다. 나는 어머니의 옛 친구 곁에서 그리운 어머니의 주검을 지키면서 첫 밤을 새웠다. 나는 마음속 깊이 어머니를 사랑했다. 그러나 흐르는 눈물에도 불구하고, 슬픔이 마음속으로 느껴지지 않는 데에 놀랐다. 내가 눈물을 흘린 것은, 자기보다 훨씬 나이가 적은 친구가 이렇게 앞서 하느님 앞으로 가는 것을 보고 있는 미스 애슈브르통이 측은했기 때문이었다. 그러나 어머니와의 이별이 사촌 누이를 내 곁으로 서둘러 보내리라는 은밀한 생각이 나의 슬픔을 자꾸만 억누르는 것이었다.

　이튿날 외삼촌이 도착했다. 외삼촌은 알리사의 편지를 내게 내밀었다. 그녀는 그다음 날에야 블랑티에 이모와 함께 왔다.

　……제롬, 나의 벗, 나의 형제(라고 편지에 쓰여 있었다)……기다리고 계시던, 커다란 만족을 드릴 수 있었을 몇 마디 말을 돌아가시기 전에 여쭙지 못한 것이 얼마나 섭섭한지 몰라. 부디, 어머니께서 나를 용서해주시길! 그리고 이제부턴 하느님만이 우리를 이끌어주시길! 안녕히, 내 가엾은 벗. 그 어느 때보다도 더 다정한 너의 알리사.

무엇을 말하려는 것이었을까? 여쭙지 못해 섭섭하다는 그 몇 마디 말이란, 도대체 우리 두 사람의 앞날을 기약하는 말이 아니라면 무엇일까? 그러나 나이가 어렸던 나는 선뜻 그녀에게 구혼할 수가 없었다. 게다가 그녀의 약속이 굳이 필요했던가? 우리는 벌써 약혼자들이나 다름없지 않았던가? 우리의 사랑은 이미 친척들에겐 비밀이 되지 못했다. 나의 외삼촌 또한 어머니와 마찬가지로 우리의 사랑에 아무런 이의도 없었다. 아니, 외삼촌은 벌써 나를 자기의 아들처럼 여겼다.

그 며칠 후부터 시작되었던 부활절 휴가를 나는 르아브르에서 보냈다. 블랑티에 이모 댁에서 머물렀지만, 식사는 거의 뷔콜랭 외삼촌 댁에서 했다.

펠리시 블랑티에 이모는 더할 나위 없이 훌륭한 부인이었다. 하지만 사촌들이나 나는 그렇게 친하지 못했다. 이모는 끊임없이 분망해 늘 숨이 찰 지경이었다. 몸가짐에는 상냥함이 없었고, 음성 또한 선율적이 아니었다. 때를 불문하고, 귀여워서 견딜 수 없다는 듯이 우리에게 사랑을 쏟고 싶어서 마구 쓰다듬어주는 것이 우리에겐 오히려 귀찮았다. 뷔콜랭 외삼촌은 이모를 무척 좋아했지만, 외삼촌이 이모한테 이야기할 때의 음성만 들어보아도, 외삼촌이 어머니를 얼마나 더 좋아했는지 우리는 쉽사리 느낄 수 있었다.

어느 날 저녁 이모가 말을 꺼냈다.

"얘야, 올여름에 무얼 할 생각인지 모르겠다만, 내 결정에 앞서 네 계획을 좀 알고 싶구나. 혹 내가 무슨 도움이 된다면 말이다……"

"아직 별로 생각해보지 않았는데 글쎄, 여행을 해볼까 싶어요."

이모가 말을 이었다.

"알겠지만, 내 집에서도 말야, 퐁그즈마르나 마찬가지로 네가 오는 걸 언제나 환영한다. 하긴 그쪽으로 가면 네 외삼촌이랑 줄리에트가 좋아하겠구나……."

"알리사 말씀이죠?"

"그렇지 참! 미안하다…… 네가 좋아하는 애를 나는 글쎄 줄리에트라고 생각하고 있었거든! 네 외삼촌이 말해줄 때까지 말이다…… 그게 아직 한 달도 안 됐지만…… 알겠지만 난, 너희를 참 좋아하긴 하는데, 너희를 별로 잘 알지는 못한단다. 너희를 만나볼 기회도 별로 없었고!…… 게다가 원체 뭘 꼼꼼히 관찰하는 성미도 아니고. 나한테 상관없는 일을 살펴보려고 가만히 서 있을 시간도 없었으니까. 함께 노는 걸 보면 항상 줄리에트이길래…… 그래서 그렇게 생각했지…… 그 애는 참 예쁘고 쾌활하잖니?"

"네, 그래요. 지금도 난 줄리에트하고 곧잘 어울려 놀아요. 하지만, 제가 좋아하는 건 알리사예요……."

"그래그래, 좋아! 너 좋을 대로 해야지…… 너도 알지만, 나야 뭐, 알리사를 안다고 말할 수도 없을 정도지. 그 애는 제 동생보다 말수도 적고 하니, 아무튼 네가 그 애를 택했을 때에는 그만한 좋은 점이 있었겠지."

"하지만 이모, 무엇 때문에 제가 알리사를 좋아하는 건 아녜요. 무슨 이유라고 생각해본 적도 없이 저는……."

"성낼 건 없다, 제롬. 내가 어떤 딴 뜻을 갖고 말한 건 아니니까…… 네 말을 듣다가 그만 내가 하려던 이야길 잊었구나. 아, 참! 그러니 결국 결혼으로 가겠구나. 아 참, 네 상복 때문에 아직은 예법상 정혼을 해둘 수가 없구나…… 그런데다 너는 아직 너무 어리고…… 그저 내 생각으론, 이제는 어머니하고도 함께 가 있지도 못하게 되고 했으니까 말이지 네가 퐁그즈마르에 가 있는 게 어쩌면 이상하게 보일지도 모를 거라는…….”

“글쎄 이모, 제가 여행 이야기를 꺼낸 것도 바로 그 때문이에요.”

“그래서 말이다, 난 이렇게 생각했단다. 내가 함께 간다면 만사가 잘될 거라고. 그래서 이번 여름에는 내가 짬을 낼 수 있도록 미리 계획을 짜놓았단다.”

“뭐, 제가 한마디만 부탁드리면 미스 애슈브르통이 쾌히 오실 텐데요 뭘.”

“그래, 나도 그건 알아, 하지만 그걸로 다 되는 건 아냐! 나도 함께 가겠다! ……뭐 내가 가엾은 네 어머니 노릇을 하겠다는 생각을 하는 건 아냐.”

이모는 갑자기 흐느껴 울며 덧붙였다.

“나는 그저 집안일이나 돌볼까 하고…… 그렇게 되면 너나 네 외삼촌이나 알리사도 덜 부담스럽지 않겠니?”

펠리시 이모는 자신이 함께 있는 일의 효과에 대해 잘못 생각했던 것이다. 사실을 말하자면, 바로 이모 때문에 우리는 오히려 난처해졌다. 이모는 말씀하셨던 대로 7월부터 퐁그즈마르로 옮겨왔고, 미스 애슈브르통과 나도 곧 뒤따라갔다. 집안일을 거들어 알리사를 돕는다는 구실로 이모는 그처럼 조용하던 집을 끊임없는 소란으로 가득 채웠다. 우리의 기분을 좋게 해주려고, 또 이모의 말처럼 '만사를 잘되게' 하려고 수선을 피우는데 어찌나 극성스러웠던지 알리사와 나는 이모 앞에서는 늘 거북했고 거의 벙어리가 되어버리고 말았다. 이모는 필경 우리가 몹시 쌀쌀맞다고 느꼈을 것이다…… 하지만 설혹 우리가 잠자코 있지 않았다 하더라도 이모는 우리의 사랑이 어떤 성질의 것인지 이해하실 수 있었을까? 반대로 줄리에트의 성격은 이러한 부산스러움과 꽤 잘 어울렸다. 그래서 이모가 막내 조카딸을 아주 표나게 귀여워하는 것을 보는 데서 오는 어떤 반감이 이모에 대한 나의 애정을 가로막았는지도 모른다.

어느 날 아침, 우편물이 도착하자 이모가 나를 불렀다.

"얘, 제롬, 아주 딱하게 됐다. 딸년이 아프다고 나를 부르는구나. 그래 너를 두고 가보지 않을 수 없게 됐다……."

부질없는 잔걱정에 가득 차서 나는 외삼촌을 만나 뵈러 갔다. 이모가 떠난 뒤에도 내가 퐁그즈마르에 남아 있을 수 있는지 몰랐기 때문이었다.

"도대체 누님은 또 무슨 생각을 해가지고, 아주 자연스러운 일을 복잡하게 만드는지, 원. 얘! 제롬, 왜 떠나겠다는 거냐? 넌 벌써 내 자식이나 다름없지 않니?"

외삼촌은 나의 첫마디에 소리치듯 말했다.

이모는 단지 두 주일밖에 퐁그즈마르에 머무르지 않았다. 이모가 떠나자 집안은 곧 제자리로 돌아왔다. 꼭 행복과도 같은 고요함이

다시 집안에 깃들었다. 내 상복은 우리의 사랑을 어둡게 하기는커녕 오히려 깊이를 더해주는 것 같았다. 음향이 몹시 잘 울리는 곳에서처럼 우리 마음의 아주 작은 움직임도 서로 잘 이해되는, 단조롭게 흐르는 생활이 시작되었다.

이모가 출발한 지 며칠 후, 어느 날 저녁 식탁에서 이모에 관해 우리가 했던 이야기를 나는 지금도 기억한다.

"그 난리 법석이라니!" 하고 우리는 말했다.

"삶의 물결이, 그의 영혼에 더는 안식을 주지 못하는 것인가? 사랑의 아름다운 모습이여, 너의 그림자는 이제 무엇이 될 것인가?"

우린 슈타인 부인*에 대해 이야기하다가, "이 영혼 속에 비치는 세계를 보는 것은 아름다우리라"라고 했던 괴테의 말을 생각했다. 그리고 우리는 대번에 어떤 계급 제도와 같은 걸 만들고, 명상의 능력을 최고위(最高位)에 놓았다. 그때까지 잠자코 있던 외삼촌이 쓸쓸히 미소를 지으며 말했다.

"얘들아, 비록 부서져 있다 할지라도 하느님은 거기서 당신의 모습을 알아보실 게다. 생애의 어느 한순간만을 언뜻 보고서 그 인간을 판단하지 않도록 조심하자. 너희가 싫어하는 나의 누님의 그 모든 점도 다 그럴 만한 여러 가지 사건 때문에 생기게 된 것이고, 그 사건들을 너무나 잘 아는 나로서는 너희처럼 가혹하게 비난할 수 없구나. 젊은 시절에 그처럼 남을 즐겁게 하던 성품도, 늙어가다 보

---

* 괴테의 애인 가운데 한 여인

면 나빠지지 않으리란 법도 없다. 지금 너희가 '법석'이라고 부르는 펠리시 누님의 성격도, 처음엔 오직 귀엽게 깡충댄다든가, 순간적인 충동에 따라 움직인다든가, 솔직하다든가, 애교가 있다든가, 이렇게만 여겨지던 것이었다…… 확실히 우리도 지금의 너희와 별반 다를 게 없었지. 그때의 나는 너와 사뭇 비슷했단다, 제롬. 아마 내가 생각하는 것보다 더 닮았을지도 모르지. 펠리시 누님은 지금의 줄리에트와 아주 비슷했고…… 그래, 생김새조차도. 그리고 가만 있자."

외삼촌은 그 딸 쪽을 돌아보며 덧붙였다.

"네 목소리가 어떤 울림을 낼 땐, 나는 네게서 네 고모를 보게 된단다. 네 고모도 너하고 똑같은 미소를 가졌었지. 그리고 금방 없어져 버렸지만, 너처럼, 가끔 아무것도 안 하고 의자에 앉아서 팔꿈치를 앞에다 짚고, 두 손의 깍지 낀 손가락으로 이마를 받친 채 가만히 있는 그런 몸짓을 고모는 가끔 했었다."

미스 애슈브르통은 내 쪽으로 몸을 돌리고, 거의 소곤거리는 듯한 낮은 음성으로 말했다.

"네 어머니를 회상시키는 건 알리사지."

그해 여름은 찬란했다. 온갖 것엔 푸른 하늘이 배어든 듯했다. 우리의 열정은 불행도 죽음도 이겨냈다. 우리 앞에선 어두운 그림자도 물러서는 것이었다. 아침이면 나는 기쁨으로 잠에서 깨었다. 동이 틀 무렵부터 일어나 해를 맞이하러 뛰어나가곤 했다…… 지금도 그 시절을 회상할 때면, 이슬에 흠뻑 젖은 그 시간이 눈에 선하다.

무척 늦게까지 자지 않는 것이 버릇이던 제 언니에 비해 아침에 일찍 깨는 줄리에트는 나와 함께 정원으로 내려가곤 했다. 줄리에트는 제 언니와 나 사이에서 전달자 노릇을 했다. 줄리에트에게 나는 끊임없이 우리의 사랑 이야기를 들려주었고 그녀도 듣는 데 싫증을 내지 않았다. 알리사 앞에서는 애정이 벅차올라 자꾸 망설여지고 어색해서 말하지 못하던 것도 줄리에트에겐 곧잘 털어놓았다. 알리사는 나의 이런 행동에 찬동하고, 자기 동생에게 그처럼 쾌활하게 내가 말하는 것을 즐기는 듯이 보였다. 요컨대 우리가 오직 그녀에 관해서만 이야기한다는 것을 알리사는 몰랐는지 아니면 모르는 척 했는지 모르겠다.

오, 사랑의 오묘한 위장이여, 벅찬 사랑의 오묘한 위장이여, 너는 어느 비밀 통로로 해서 우리를 웃음에서 눈물로, 가장 천진스러운 기쁨으로부터 덕행의 요구로 이끌어갔던가!

그토록 맑고 그토록 매끄럽게 그 여름은 달아나버렸기에, 미끄러져 가버린 그 하루하루에서 오늘, 나의 기억은 거의 아무것도 끌어내지 못한다. 그 무렵의 유일한 것이 있다면 대화와 독서뿐……

"난 슬픈 꿈을 꾸었어."

방학이 끝날 무렵의 어느 날 알리사가 내게 말했다.

"나는 살아 있는데, 네가 죽어버렸어. 아니야, 네가 죽는 걸 본 건 아니야. 그저 네가 죽어버렸다는 거야. 무서웠어. 어찌나 무서웠는지, 네가 그저 여기에 없는 것이라고조차 생각할 수가 없었어. 우리가 떨어져 있었는데도, 내 생각으론, 너를 만날 수 있는 길이 있을 거라고 믿었지. 그래서 어떻게 하면 되나 하고 그곳으로 가는 길을 알아내려고 애쓰다가 그만 잠에서 깨버렸어. 아침이 돼도 그 꿈이 눈에 선했어. 꼭 그 꿈을 계속 꾸고 있는 것 같았어. 아직도 너와 헤어져 있고, 앞으로도 오래, 오래……"라고 말하곤 나지막한 소리로 "일생 동안 너와 떨어져 있게 될 것 같았어. 그리고 일생 동안 몹시 애를 써야 할 것 같고……" 하고 말했다.

"그건 어째서?"

"우리가 결합되려면 서로 저마다 몹시 애를 써야 할 것 같아."

나는 그녀의 말을 심각하게 받아들이지 않았거나, 심각하게 받아들이기를 두려워했다. 그 말에 반박이라도 하려는 것처럼 나의 가슴은 몹시 뛰었고, 갑자기 용기를 얻어 나는 말했다.

"그래, 나도 오늘 아침, 꿈을 꾸었는데 어찌나 알리사와 결혼하려고 들었는지 아무것도, 죽음밖엔 우리를 떼어놓지 못할 것 같았어."

"죽음인들 떼어놓을 수 있을 것 같니?"

그녀는 말을 받았다.

"내가 말하려는 건……."

"그와는 반대로, 죽음이 접근시킬 수도 있다고 생각해…… 그래, 삶에서는 떨어져 있던 것을 접근시킬 수 있어."

그 모든 말이 우리 가슴속으로 깊이 파고들었기 때문에 아직도 그때의 억양까지도 들리는 듯하다. 그러나 그 말이 지닌 중대한 뜻은 세월이 훨씬 흐른 후에야 깨닫게 되었다.

여름은 달아나고 있었다. 벌써 넓은 들판은 거의 텅 비어 있었고, 시야는 더욱 뜻하지 않게 펼쳐졌다. 떠나기 전날, 아니, 전전날 저녁, 줄리에트와 나는 아래 정원 작은 숲으로 내려가고 있었다.

"어제 알리사에게 읊어주던 게 뭐였어?"

그녀가 물었다.

"언제?"

"폐광 근처에 있는 벤치에서 말야, 둘만 남겨놓고 우리가 먼저 왔
을 때 말야."

"아아! 보들레르의 시였을 거야……."

"어떤 시? 내겐 들려주고 싶지 않아?"

"이제 곧 우리는 차가운 어둠 속으로 가라앉으리니."

나는 별로 내키지 않는 기분으로 시작했다. 그러나 그녀는 대뜸
말을 가로채면서, 떨리고 달라진 음성으로 그다음을 받아 읊었다.

"아듀, 너무나 짧은 우리 여름의 빛나는 광휘(光輝)여!"

"아니! 그걸 알고 있었니?"

나는 몹시 놀라서 소리쳤다.

"시를 좋아하지 않는 줄 알고 있었는데……."

"아니, 왜? 제롬이 나한텐 읊어주지 않으니까?"

그녀는 웃으면서, 그러나 좀 어색한 듯이 말했다.

"때때로 제롬은 나를 아주 바보로 아는 모양이야."

"아주 머리가 좋은 사람도 시를 좋아하지 않을 수 있잖아. 한 번도
네가 시 이야기를 하는 걸 들어보지 못했고, 또 나한테 시를 읊어달
라고 한 적도 없었잖아."

"그거야, 알리사가 도맡아 하고 있는 걸 뭐……."

그녀는 잠시 말이 없더니 불쑥 물었다.

"내일 오후에 떠나?"

"그래야 할 모양이야."

"올겨울엔 뭘 할 생각이야?"

"노르말* 1학년이지 뭐."

"알리사하곤 언제 결혼할 생각이야?"

"병역 마치기 전엔…… 그리고 그다음 일들은 내가 하고 싶은 것을 좀 더 잘 알기 전엔 안 할 생각이야."

"그럼 아직도 그걸 모른단 말이야."

"아직 알고 싶지 않아. 너무나 많은 것이 내 관심을 끌고 있거든. 무얼 하나 꼭 골라잡아야 하고 그것만 붙들고 늘어져야 하는 시기를 될 수 있는 대로 늦추고 싶은 거야."

"약혼을 미루는 것도 생활이 고정될까 두려워서 그래?"

나는 말없이 어깨를 들썩였다. 그녀는 따져 물었다.

"그럼, 약혼은 뭣 때문에 망설이고 있지? 왜 당장 약혼해두지 않는 거야?"

"우리가 약혼해야 할 까닭은 또 뭐니? 세상 사람들에게 알려지지 않는다 해도 우리가 서로의 것이고, 또 앞으로도 그럴 거라는 걸 우리가 알고 있는 것으로도 충분하지 않을까? 내가 내 모든 삶을 알리사를 위해 바치고 싶어 하는데 말야. 나의 애정을 무슨 약속 따위로 얽어매는 편이 더 훌륭해 보일 것 같니? 난 그렇게 생각 안 해. 맹세 같은 건, 사랑에 대한 모독처럼 보여…… 내가 약혼하고 싶어 한다

---

* 고등사범학교

면, 그건 아마 내가 상대방을 믿지 못하게 될 때뿐일 거야."

"내가 못 믿는 건 알리사가 아니야……."

우리는 천천히 걷고 있었다. 요전번에 뜻하지 않게 알리사와 그녀의 아버지의 대화를 엿듣게 되었던 정원의 그 지점에 이르렀다. 문득 좀 전에 정원 쪽으로 나가던 알리사가 어쩐지 지금쯤 그 둥그런 갈림터 어디쯤에 앉아 있을지 모른다는, 그렇다면 그녀 역시 우리가 하는 이야기를 듣고 있을지 모른다는 생각이 떠올랐다. 직접 대고 감히 하지 못하던 말을 그녀에게 들려줄 수 있을지 모른다는 가능성이 당장 내 마음을 유혹했다. 제 꾀에 신이 난 나는 목소리를 높였다.

"오!" 하고 내 나이 또래에서 흔히 볼 수 있는, 좀 거창한 감격을 넣어 외쳤다. 그리고 나는 나 자신의 말에만 너무 빠져 있었기 때문에, 줄리에트의 말을 통해 알리사가 하지 않은 모든 이야기를 듣지 못하고 말았다.

"오! 우리가 다만 그렇게라도 할 수 있다면, 사랑하는 사람의 영혼에 우리가 몸을 굽혀 들여다보며, 거울 속을 들여다보듯 그녀의 속에다 우리가 어떤 영상을 만들어주는지를 알 수만 있다면! 우리 자신의 내부를, 아니 자신의 내부보다 더 타인의 속을 잘 읽을 수 있다면! 애정에는 얼마나 안정이 있을까! 또 사랑에는 얼마나 순수함이 깃들까!"

줄리에트의 곤혹스러운 표정을 나는 내 천박한 시심(詩心)의 효과라고 자만했다. 그녀는 갑자기 내 어깨에 머리를 파묻더니 이야기했다.

"제롬! 제롬! 꼭 알리사를 행복하게 해줄 거라고 믿고 싶어! 만일 오빠 때문에 알리사가 괴로워진다면, 난 오빠를 아주 미워하게 될 것 같아."

"하지만, 줄리에트."

그녀를 껴안고 그녀의 이마를 들어 올리면서 나는 소리쳤다.

"나도 나 자신을 증오할 거야. 네가 알아주기만 한다면……! 내가 아직 내 앞길을 결정하고 싶지 않다는 것은 다만 내 삶을 알리사와 더불어 좀 더 좋게 시작하기 위해서야! 아무튼 난 내 모든 미래를 알리사에게 걸고 있어! 알리사 없이 내가 무엇이 된다면 나는 그 모든 것을 하나도 원치 않……."

"그런 이야길 하면 알리사는 뭐라고 하지?"

"그런 이야긴 알리사한테 하지 않아! 결코. 아직 약혼을 하지 않은 건 그 때문이기도 해. 우리 사이에선 결혼 같은 건 문제가 안 돼, 그다음에 우리가 뭘 할 것인가도. 오, 줄리에트! 알리사와 함께하는 삶이란 내겐 너무나 아름다워 보여서, 감히 나는…… 무슨 말인지 알겠지? 알리사에게는 감히 이런 이야기를 못한단 말이야."

"갑작스러운 행복으로 놀라게 해주고 싶어서?"

"아니야! 그게 아냐, 하지만 난…… 그녀를 놀라게 할까 봐 두렵기도 해. 무슨 말인지 알겠지? 내게 예감되는 그 무한한 행복이 그녀를 놀라게 할까 봐 나는 두려운 거야! 언젠가 알리사에게 여행하고 싶지 않느냐고 물었어. 그녀가 하는 말이 자기는 조금도 그렇지 않다는 거야. 자기에겐 그런 나라들이 있고, 그러한 나라들이 아름다우며, 남들이 거기에 가볼 수 있다는 것만으로도 충분하다는 거야……."

"그런데 제롬, 오빠는 여행하고 싶어?"

"어디든지 다 가보고 싶어! 내겐 삶 자체가 알리사와 함께 책이
며, 뭇사람들이며, 많은 나라를 통해서 가는 하나의 긴 여행처럼 보
여…… 이 말이 무슨 뜻인지 생각해본 적 있니? '닻을 올린다'*라는
말 말야."

"그래? 나도 종종 그 말을 생각해."

줄리에트는 중얼거렸다.

하지만 줄리에트의 말을 귀담아듣지 못해 그녀의 말이 상처 입은
가엾은 새처럼 땅에 떨어지게 내버려 두고 나는 다시 말을 이었다.

"밤에 떠나, 눈부신 여명 속에서 잠을 깬다. 불안스러운 파도 위
에 단 두 사람만 있음을 느끼며……."

"그리고 아주 어렸을 때, 이미 지도 위에서 보았던 어느 항구에 도
착한다. 거기선 모든 게 미지의 것이고…… 오빠 팔에 기댄 알리사
와 함께 발판을 딛고 배에서 내리는 모습이 보이는 것 같아."

"우리는 급히 우체국으로 가겠지."

나는 웃으면서 말을 이었다.

"줄리에트가 우리한테 보낸 편지를 찾으러 말이지."

"내가 남아 있을 퐁그즈마르에서 말이지? 아마 오빠와 언니에겐
퐁그즈마르가 아주 작고, 쓸쓸하고, 아주 멀게 보이겠지……."

이것이 분명히 줄리에트의 말이었는지는 단언하지 못하겠다. 왜

---

* 보들레르의 시 〈나그네〉의 시구

냐하면, 다시 말하지만, 내 마음은 그토록 사랑으로 가득 차 있었기 때문에, 사랑의 표현 말고는 그 어느 것도 내 귀에 들어오지 않았기 때문이다.

우리는 둥그런 갈림터 가까이에 다다랐다. 가던 길을 우리가 되돌아오려고 할 바로 그때, 알리사가 불쑥 그늘에서 나오며 모습을 나타냈다. 알리사가 너무나 창백해서 줄리에트는 그만 소리를 쳤다.

"사실, 몸이 좀 불편해."

알리사는 허겁지겁 우물거렸다.

"공기가 좀 차. 난, 들어가는 게 낫겠어."

그러곤 잰걸음으로 돌아서서 집 쪽으로 가버렸다.

"우리 얘길 모두 들었어."

알리사가 좀 멀리 가자, 줄리에트가 소리치듯 말했다.

"하지만 알리사의 기분을 상하게 할 말은 하나도 안 했는걸. 오히려……."

"갈게……."

언니를 뒤쫓아가며 줄리에트가 말했다.

그날 밤, 나는 잠을 이룰 수 없었다. 알리사는 저녁 식사 때 나타났지만, 이내 머리가 아프다면서 금세 자리를 떴다. 그녀는 우리의 대화에서 무엇을 들었던 것일까? 그래서 나는 내가 한 말들을 초조하게 다시 생각해보았다. 내가 줄리에트에게 너무 바짝 붙어서 걸었다는 것, 줄리에트의 목에 내 팔을 감고 있었다는 것이 어쩌면 잘못이었는지도 모른다고 생각해보았다. 그러나 그런 것은 어렸을 적부터 우리의 버릇이 아닌가. 게다가 알리사는 이미 몇 번이나 우리가 그렇게 하고 걷는 것을 보았다. 아! 나는 얼마나 불쌍한 장님이었나. 더듬거리며 내 허물을 찾으면서도, 나는 귀담아듣지도 않았고, 그래서 잘 기억하지도 못했던 줄리에트의 이야기를 알리사는 아마 더 잘 들었을지도 모른다는 것을 나는 한 번도 생각해보지 않았다. 하지만 할 수 없지! 불안으로 마음이 흐트러지고, 알리사가 의심할지도 모른다는 생각에 두려워진 나는, 또 다른 위험에 대해선 생각하지도 않고, 줄리에트에게 내가 말했는데도, 어쩌면 줄리에트가 내게 했던 말에 감동해 나는 걱정과 의구(疑懼)를 물리치고 다음 날 약혼하기로 결단을 내렸다.

떠나기 전날이었다. 나는 알리사의 슬픔을 내 출발 탓으로만 돌렸다. 그녀는 나를 피하는 것 같았다. 단둘이서만 만나지도 못한 채 오후가 지나갔다. 털어놓고 말도 못하고 떠나게 되지 않을까 하는 두려움으로 나는 저녁 식사 직전에 그녀의 방으로 찾아갔다. 알리사는 산호 목걸이를 걸고 있던 중이었고, 두 팔을 들고 몸을 숙인 채 문 쪽으로 등을 돌리고서, 켜진 두 촛대 사이에 있는 거울 속을 자기 어깨 너머로 들여다보고 있었다. 처음에 그녀가 나를 본 것은 거울 속에서였다. 돌아다보지도 않고서 그녀는 얼마 동안 거울 속에서 나를 바라보고 있었다.

"어머! 방문이 닫혀 있지 않았었나 봐?"

"노크를 했는데 대답이 없더군. 알리사, 내일 내가 떠난다는 건 알고 있지?"

아무 대답도 없었다. 그녀는 끝내 걸지 못한 목걸이를 벽난로 위에다 내려놓았다. '약혼'이라는 말이 내겐 너무나 노골적이고, 또 너무나 거칠게 여겨졌기 때문에, 그 말 대신에 나는 종잡을 수 없이 에둘러 말했다. 말뜻을 알아듣자, 알리사는 휘청거리는 듯 벽난로에 몸을 기대는 것 같았다…… 하지만 나 자신도 어찌나 몸이 떨리는지, 그녀 쪽으로 눈길을 돌리는 걸 조심스레 피하고 있었다.

나는 그녀 가까이에 있었고 눈을 들지 않은 채 그녀의 손을 잡았다. 알리사는 손을 빼지는 않았지만 얼굴을 수그리고, 내 손을 들어 자기 입술을 갖다 대고는 내게 기대다시피 하며 속삭였다.

"아냐, 제롬, 아냐, 제발, 우리 약혼은 하지 말자……."

내 심장이 하도 뛰었기 때문에 그녀도 그걸 느꼈을 것이다. 그녀는 한결 더 부드럽게 말했다.

"안 돼, 아직은 안 돼……."

"왜?"

"그렇게 물어볼 사람은 내가 아니니? 왜 이 상황을 바꾸자는 거야?"

나는 그 전날 저녁의 이야기에 관해 감히 말을 꺼내지 못하고 있었다. 하지만 내가 그걸 생각하고 있다고 분명 느꼈던 모양이다. 내 생각에 답이라도 하듯이 나를 뚫어지게 바라보며 알리사는 말했다.

"넌 오해하고 있어. 난 그처럼 많은 행복이 필요하지 않아. 우린 지금 이대로도 행복하지 않니?"

그녀는 미소를 지으려고 애썼으나 헛일이었다.

"행복하지 않아. 이제 너와 작별해야 하는걸."

"들어봐, 제롬. 오늘 저녁엔 너하고 말 못하겠어…… 우리의 마지막 시간을 망치지 말자. 정말 이러지 말자, 나는 언제나처럼 너를 사랑해. 안심해. 편지로 설명할게. 네게 편지 쓰겠다고 약속할게. 당장 내일이라도…… 아니, 네가 떠나는 그 당장이라도…… 자, 이젠 가봐, 어머, 내가 울고 있네…… 가, 혼자 있게 내버려둬."

그녀는 나를 밀어내며 가만히 몸을 뺐다. 그리고 그것이 우리의 작별이었다. 그날 저녁 나는 그녀에게 한마디도 더 하지 못했고, 다음날 내가 출발할 때, 그녀는 자기 방 문을 잠근 채 나오지 않았다. 나를 데려가는 마차가 멀어져가는 것을 자기 방 창에서 바라보며 작별의 손짓을 보내고 있는 그녀를 나는 보았다.

3

그해 나는 아벨 보티에를 거의 만나보지 못했다. 그는 징집에 앞서 자원입대했다. 한편 나는 또다시 수사학반에 머무르며 학사 시험 준비를 하고 있었다. 아벨보다 두 살 아래인 나는 그해 우리 두 사람이 같이 들어가기로 되어 있던 에콜 노르말 졸업 때까지 병역을 연기해두고 있었다.

우리는 즐겁게 다시 만났다. 군대에서 제대한 그는 한 달 이상이나 여행을 했다. 그가 변해 있지나 않을까 걱정을 했는데 그는 더욱 자신감을 가지고 있었을 뿐 아니라 조금도 자신의 매력을 잃지 않았다. 개학하기 전날, 뤽상부르 공원에서 함께 시간을 보낸 오후에, 내 마음속 이야기를 더는 참지 못하고 내 사랑에 관해 그에게 자세히 이야기했다. 게다가 그는 이미 나의 사랑을 알고 있었다. 그해 몇몇 여인과의 경험을 얻었던 것으로 해서, 좀 잘난 체하는 거만한 태도를 취했지만, 나는 그 때문에 불쾌하게 생각하지는 않았다. 여자가 생각을 달리하도록 내버려둬서는 결코 안 된다고 무슨 공리(公理)처럼 말하면서 그는, 내가 결정적인 말을 내던질 줄 몰랐던 것이라고 빈정댔다. 나는 그가 말을 하도록 내버려두었지만, 그의 그 훌륭한 이론도 나에게나 알리사에게는 도무지 부질없고, 요컨대 그가 우리를 잘 이해하지 못하고 있다는 걸 드러내 보여주는 것이라고 생각했다.

우리가 도착한 다음 날, 나는 다음과 같은 편지를 받았다.

나의 그리운 제롬,

나는 네가 제의한 것을 곰곰이 생각해보았어. (내가 제의한 것이라고! 우리의 약혼을 이렇게 부르다니!) 내가 네겐 너무 나이가 많지 않을까 두려워. 어쩌면 아직 네겐 그렇게 안 보일지 몰라. 너는 아직 다른 여자들을 만나볼 기회가 없었으니까 말야. 하지만 내가 네 것이 되고 난 다음 내가 너를 기쁘게 하지 못하게 된다면, 훗날 나는 고통스러울 거야. 이 글을 읽으면서 분명 너는 몹시 화를 내겠지. 너의 항변이 들리는 듯해. 하지만 네가 좀 더 인생에 들어서게 될 때까지 기다려달라고 부탁하는 거야.

이렇게 말하는 건 오직 너를 위해서라는 걸 이해해줘. 나로선 내가 너를 사랑하기를 그만둔다는 것을 나는 정녕 할 수 없으리라는 걸 잘 알고 있기 때문이야.

알리사

우리가 서로 사랑하기를 그만둔다! 그러나 이런 것이 새삼스레 문제가 될 수 있을까! 나는 슬프다기보다는 오히려 어안이 벙벙했고 너무도 기막힌 이야기라서 편지를 보이려고 곧장 아벨에게 달려갔다.

　"그래! 어떻게 할 셈이니?"

　입술을 꼭 다물고 머리를 갸웃거리며 그 편지를 읽은 후에 아벨이 말했다. 불안과 비탄에 차서 나는 팔을 쳐들어 올렸다.

　"적어도 내 생각으론 답장은 하지 않는 게 좋아! 여자하고 말다툼하기 시작하면 지고 마니까…… 이봐, 토요일에 르아브르에서 자면, 일요일 아침엔 퐁그즈마르에 갈 수 있어. 그리고 월요일 첫 강의에 맞춰 이곳으로 돌아올 수 있지. 입대 후 너의 친척들도 못 만났고 하니 이것으로도 충분한 구실은 되고, 나로선 인사를 차리는 셈이지. 혹시 알리사가, 이건 구실에 불과하다는 걸 알면 더 잘된 셈이지! 네가 알리사와 이야기하는 동안 나는 줄리에트를 맡을게. 아무튼 어린애 같은 짓은 제발 하지 말도록 해…… 사실 말하자면, 네 이야기 가운데 잘 납득되지 않는 게 있어. 아무래도 털어놓고 내게 다 말하지 않은 모양이야. 뭐 그래도 괜찮아! 알게 될 테니까!…… 무엇보다도 우리가 간다는 건 알리지 마. 네 누이를 깜짝 놀라게 해야 해. 무장할 틈을 줘선 안 된단 말야."

　정원의 사립문을 밀었을 때 내 가슴은 몹시 뛰었다. 이내 줄리에트가 우리를 맞으러 달려 나왔다. 속옷을 손질하는 데 골몰하던 알리사는 얼른 내려오지 않았다. 우리가 외삼촌과 미스 애슈브르통과 함께 이야기하고 있을 때에야 비로소 알리사는 응접실에 나타났다. 우리의 느닷없는 도착이 그녀를 당황스럽게 했을지라도, 적어도 그녀는 그런 기색을 전혀 드러내 보이지 않을 수 있었다. 나는 아벨이 한 말을 생각하면서, 그녀가 이토록 한참 동안 나타나지 않고 있었던 것은 바로 나에 대비해 무장하려고 한 게 틀림없다고 생각했다. 줄리에트의 몹시 활달한 태도가 알리사의 차분한 모습을 더욱 두드러져 보이게 했다. 그녀는 내가 돌아온 것을 못마땅하게 여기는 빛을 자신의 태도로 내보이려는 듯했고, 내게는 그러한 감정의 이면에 숨어 있는 더욱 세찬 감정을 찾아보려는 용기가 솟아오르지 않았다. 우리한테서 멀리 떨어진 한쪽 구석의 창가에 앉은 그녀는 수놓는 데에만 정신이 쏠린 듯 입술을 움직이며 바늘 매듭을 세고 있었다. 아벨은 이야기를 하는 중이었다. 다행스럽게도! 왜냐하면 나로서는 이야기할 기력도 없었고, 그리고 그가 군대 생활과 여행에 대한 이야기를 꺼내지 않았다면, 이 재회의 첫 시간은 침울하게 흘러버렸을 것이다. 외삼촌마저도 유별나게 근심스러운 기색이었다.

점심을 마치자 곧 줄리에트는 나를 따로 불러내더니 정원으로 끌고 갔다.

"글쎄, 나한테 청혼을 하는 사람이 다 있단다!"

단둘이 있게 되자 줄리에트는 소리쳤다.

"펠리시 이모가 어제 아빠에게 편지를 하셨는데, 님므에서 포도 재배를 한다는 사람의 청혼을 알려온 거야. 이모 말로는 아주 훌륭한 사람이라나. 올봄에 사교계에서 나를 몇 번 보고선 홀딱 반했다는 거야."

"너도 눈여겨보기는 했니, 그 남자를?"

나도 모르게 그 청혼자에 대해 반감이 섞인 어조로 물었다.

"응, 누군지는 알아. 사람 좋은 돈키호테 타입이야. 교양도 없고 아주 못생기고 야비한 데다가 꽤 웃기는 사람이어서 그 앞에선 이모도 점잔을 빼지 못한대."

"그래, 좀 유망해 보이기는 하고?"

나는 조롱 조로 말했다.

"이것 봐, 제롬! 농담두! 그냥 장사치야! 오빠가 그 사람을 보았다면, 그따위 질문은 안 했을 거야."

"그런데…… 외삼촌은 뭐라고 하셨니?"

"내가 직접 대답한 대로지. 결혼하기엔 난 아직 너무 어리다고 말야…… 그런데 귀찮게도 말이지……."

그녀는 웃으면서 덧붙였다.

"이모는 반대할 걸 뻔히 예측하고서 말이지, 편지 추신에다 뭐라고 쓰셨냐 하면 말야. 에두아르 테시에르께선, 이게 그 사람 이름이야, 기다리는 것에도 동의하며, 이렇게 대뜸 신청을 넣어두는 것도 다만 '차례에 끼려고' 하는 것뿐이라고 했다잖아…… 터무니없는 짓이야. 하지만 어떻게 처신해야 하는지, 그렇다고, 그가 너무 못생겼다는 말을 전해달라고 할 수는 없잖아!"

"그럴 순 없지. 하지만 포도 재배자에게 시집가고 싶진 않다고는 할 수 있잖아."

그녀는 어깨를 들썩여 보였다.

"이모 생각으론 통하지 않는 이유들이야. 그건 그렇다 치고 알리사가 편지했어?"

그녀는 지독히 수다스레 말하고 있었고, 몹시 동요된 것처럼 보였다. 나는 그녀에게 알리사의 편지를 내밀었고, 그녀는 몹시 얼굴을 붉히며 읽었다.

"그래, 어떻게 하려고 해?"

그녀가 물었을 때, 난 그녀의 음성에 어떤 노여움이 묻어 있다는 걸 느꼈다.

"난 이제 모르겠어" 하고 나는 대답했다.

"막상 와보니, 차라리 편지를 쓰는 것이 더 손쉬웠을 듯도 하고, 그래서 여기 온 것을 후회하고 있어. 알리사의 의도가 무엇인지 넌 알고 있니?"

"내 생각으로는 오빠를 자유롭게 해주려는 것 같아."

"하지만, 내가 뭐 그런 것을 바라고 있기라도 하니? 그따위 자유를! 그럼 알리사가 왜 이렇게 썼는지도 알겠네?"

"몰라!"

그 순간부터, 말투가 너무 매몰차서 비록 그 진정한 까닭을 짐작하지는 못한다고 할지라도 적어도 줄리에트가 이 일을 전혀 모르는 것은 아니라고 여기기 시작했다. 이윽고 우리가 따라 걷고 있던 오솔길이 돌아가는 굽이에서 그녀는 갑작스레 발길을 돌리면서 말했다.

"이젠, 가야겠어. 오빠가 나하고 이야기하려고 온 건 아니니까. 우리는 너무 오래 같이 있기도 했고."

줄리에트는 집 쪽으로 달아나듯 뛰어갔고 얼마 후 그녀가 치는 피아노 소리가 들려왔다.

내가 응접실에 들어갔을 때, 그녀는 아무렇게나 즉흥적으로 치는 듯하면서도 연주를 멈추지 않은 채, 거기에 와 있던 아벨과 이야기하고 있었다. 나는 그 둘을 남겨놓고 다시 나왔다. 나는 알리사를 찾아서 꽤 오랫동안 정원을 헤맸다.

그녀는 과수원 깊숙이 담 밑에서 너도밤나무숲의 낙엽 냄새에 그 향기를 뒤섞고 있는 처음 핀 국화들을 꺾고 있었다. 대기엔 가을이 함빡 스며 있었다. 태양도 이제는 간신히 나무 울타리만 미적지근하게 해줄 뿐이었지만, 그러나 하늘은 동양에서처럼 맑았다. 젤란드* 식의 큼직한 모자에 파묻혀, 그녀의 얼굴은 틀에 끼인 것 같았다. 여행 선물로 아벨이 준 것을 곧장 써본 것이었다. 내가 다가가도 돌아다보지 않았지만, 억누를 수 없었던 그녀의 가벼운 떨림은 분명히 내 발소리를 알아채고 있다는 느낌을 주었다. 그래서 나는 그녀의 꾸짖음과 그녀의 눈길이 나를 짓누를 준엄함에 대비해 벌써부터 용기를 가다듬었다. 그러나 아주 가까이 이르러 이미 두려운 듯 걸음을 늦추자 처음엔 얼굴을 돌리지는 않았던 그녀가 마치 토라진 어린애처럼 잔뜩 수그린 채, 꽃을 가득 쥔 손을 거의 등 뒤로 나에게 내밀면서 오라고 청하는 시늉을 해 보였다.

그러고는 오히려 그 몸짓과는 반대로 내가 일부러 멈추어 서자 그녀는 드디어 몸을 돌려 내게로 몇 걸음 다가오면서 얼굴을 들었다. 미소가 담뿍 담긴 얼굴이었다. 그 눈길이 닿자 내게는 모든 것이 갑자기 새로이 단순해져 보여서, 힘들이지 않고 변함없는 음성으로

---

* 네덜란드의 북해(北海)에 면한 지방

말문을 열 수 있었다.

"나를 다시 오게 한 건 네 편지야."

"그럴 줄 알았어" 하고 그녀는 말하더니, 이내 목소리의 억양에서 책망 조를 누그러뜨리며 말했다.

"그래, 내가 언짢게 여기는 것도 바로 그 점이야. 넌 왜, 내가 한 말을 잘못 해석하니? 도무지 아무렇지도 않은 일이었는데…… (그러자 벌써 슬픔과 번민은 정말로 나 혼자서 꾸며낸 것으로, 다만 내 마음속에만 존재하는 듯했다.) 우리는 이대로 행복하잖아. 전에도 말했지만. 그러니 네가 바꾸어보자고 제의한 것을 내가 거절한대서 그렇게 놀랄 건 없잖아?"

사실 그녀 곁에 있기만 하면 나는 행복을 느꼈다. 너무나도 행복에 가득 찬 듯해서 이제부터 나의 생각은 그녀의 생각과 조금도 다르지 않을 것만 같았다. 그리하여 나는 이미 그녀의 미소밖에는, 그리고 그렇게 그녀와 더불어 꽃이 늘어선 따사로운 오솔길을 그녀의 손을 잡고 거니는 것밖에는 아무것도 바라지 않았다.

"만약 네가 그러는 편이 더 좋다면" 하고 나는 무겁게 말했다. 다른 모든 희망을 단번에 팽개치고, 그 순간의 완전한 행복에 몸을 맡기면서.

"만약 네가 그렇게 하는 편을 더 좋아한다면, 우리 약혼하지 말자. 네 편지를 받았을 때, 사실 나는 행복하다는 것과 앞으론 내가 행복하지 못하리라는 것을 단번에 알 수 있었지. 오! 전에 가졌던 그 행복을 돌려줘. 나는 그 행복 없이는 견디지 못해. 나는 평생 동안이라도 기다릴 만큼 너를 사랑해. 그렇지만 네가 나를 사랑하지 않는

다거나, 나의 사랑을 의심한다면, 알리사, 이러한 생각은 나로서는 견딜 수 없어."

"어머나! 제롬, 나는 그런 건 의심할 수도 없어."

이 말을 할 때의 그녀의 목소리는 착 가라앉았으면서도 서글픈 것이었다. 그러나 그녀를 환하게 밝혀주고 있는 그 미소가 변함없이 너무도 맑고 고왔기에, 근심을 품고 항변하던 내가 부끄러워졌다. 그녀의 음성 가운데서 느낀 그 서글픔의 여운도, 그러고 보면 모름지기 나의 근심과 항변에서 나온 듯했다. 두서없이 나는 나의 계획이며, 공부며, 그리고 얻을 바가 많을 내 새로운 삶의 모습들을 이야기하기 시작했다. 그 무렵의 에콜 노르말은 요 얼마 전에 개편된 그런 따위의 것과는 달랐다. 꽤 엄격한 규율이기는 했지만, 게으르거나 말 안 듣는 성격의 애들에게나 힘겨웠을 뿐, 부지런히 노력하는 학생을 위해선 썩 좋은 것이었다. 거의 수도승 같은 이런 관습이 사회로부터 나를 지켜주는 것이 내 마음에 들었고, 게다가 사회란 별달리 나의 흥미를 끄는 것도 아니었을 뿐만 아니라, 알리사가 두려워하기만 한다면 대번에 나도 싫어질 만한 것에 지나지 않았다. 미스 애슈브르통은 파리에서 전에 어머니와 함께 살던 아파트에 그냥 눌러살고 있었다. 파리에는 그분 외에 달리 아는 사람이 없었으므로 아벨과 나는 일요일이면 여러 시간을 그분 곁에서 보내게 되리라. 그리고 일요일마다 알리사에게 편지를 써서 내 생활에 관해 모르는 것이 없게 하리라.

그때 우리는 열려 있는 온실의 유리창 틀에 걸터앉아 있었다. 마지막 열매마저 따버린 오이의 굵직한 덩굴이 되는대로 뻗어 있었다. 알리사는 내 이야기에 귀를 기울이고 이것저것 묻고 있었다. 여태껏 이보다 더 정성스러운 그녀의 따사로움과 이보다 더 열렬한 그녀의 애정을 느낀 적은 결코 없었다. 의심, 근심, 그리고 아주 가벼운 걱정까지도 마치 하늘의 티 없는 푸르름 속에 사라져버리는 안개처럼 그녀의 미소 속에 증발되어버리고, 이렇게도 애틋한 정다움 속에 다시금 흡수되어버리는 것이었다.

이윽고 줄리에트와 아벨이 우리에게로 합세한 너도밤나무의 벤치에서 우리는 그날의 끝을, 스윈번의 《시대의 개가》를 한 사람씩 차례로 한 구절씩 읽으며 보냈다. 저녁이 왔다.

"자!"

알리사는 우리가 떠날 무렵 나에게 입맞춰주며 말했다. 반쯤은 장난 같기도 하고, 반쯤은 누님 같은 태도였다. 아마 지각없는 내 행동이 그런 태도를 취하게 한 듯싶었다.

"자, 그럼 이제부터는 그렇게 공상적으로 되지 않겠다고 약속해줘……."

"그래 약혼은 했니?"

우리가 다시 둘만 있게 되자 곧 아벨이 물었다.

"아니, 그런 것은 이제 문제도 안 돼."

나는 대답하고 나서 다른 모든 질문을 딱 잘라버리는 어조로 얼른 덧붙여 말했다.

"그리고 이대로 있는 편이 훨씬 좋아. 여태껏 오늘 오후처럼 행복했던 때는 결코 없었어."

"나도 그래" 하고 그는 소리 질렀다. 그러고는 불쑥 내 목을 끌어안으며 말했다.

"기막히고 희한한 이야기를 해줄까! 제롬, 나는 줄리에트를 미친 듯이 사랑해! 지난해에도 그런 생각을 좀 하긴 했지. 하지만 그 후로도 나는 세상맛을 보아왔고 해서 말야, 네 외사촌 누이들을 다시 만나보기 전에는 네게 아무것도 말하지 않았던 거야. 이제는 끝이 났어. 내 인생은 결정됐어. 나는 사랑한다. 사랑하노라기보다는, 나는 줄리에트를 숭배한다!* 오래전부터 나는 너에게 어떤 의형제 같은 애정을 느꼈던 거야……."

그러고는 웃고 장난치며 팔을 돌려 나를 껴안는가 하면, 우리가 탄 파리행 열차의 좌석 위에서 어린애처럼 뒹구는 것이었다. 그의 고백으로 나는 몹시 숨이 막혀버렸지만 거기에 섞여 있는 듯이 느껴지는 과장된 표현의 꼬투리 때문에 적잖이 괴롭기도 했다. 하지만 이토록 벅찬 격렬함과 희열에 무슨 도리로 맞설 수 있을까?

"그래서 어떻게 됐어, 고백은 했니?"

쏟아져 나오는 열렬함과 희열 사이로 간신히 나는 물어보았다.

"천만에!"

그는 소리 질렀다.

"역사의 가장 매력적인 대목을 단번에 불사르고 싶지는 않아. 사랑의 가장 아름다운 순간은 '너를 사랑한다'고 말할 때가 아니니까…….** 이것 봐! 나를 비난하진 않겠지, 느림보 대장이신 너로선

---

* 프랑스 극작가 라신의 비극 〈브리타니쿠스〉에 나오는 네론의 대사를 흉내 낸 것
** 프랑스 시인 쉴리 프뤼돔의 서정시 1절

66

말야.”

“하지만 결국.”

나는 좀 약이 올라 말을 이었다.

“네 생각엔, 그녀가, 그녀 쪽에서…….”

“아니 그래, 그녀가 나를 다시 만나게 되자 어쩔 줄 몰라 하는 것 못 봤니? 우리가 방문해 머무르고 있는 동안 줄곧, 그렇게도 흥분해, 얼굴을 붉히고, 이야기를 멈추지 않고…… 그래, 너는 물론 아무것도 눈치채지 못했을 거야. 온통 알리사에게 빠져 있었으니!…… 어쩌나 질문을 하는지! 얼마나 내 말을 다소곳이 받아들이는지! 한 해 동안 지독하게도 똑똑해졌더구나. 도대체 무엇을 보고, 네가 줄리에트는 책 읽기를 좋아하지 않는다고 생각했는지 난 모르겠다. 너는 늘 책이란 알리사를 위해서만 있는 줄 알고 있었지…… 하지만 제롬, 줄리에트가 별별 것을 다 알고 있는 데는 정말 기가 막히더라. 저녁 먹기 전에 우리가 무엇을 하며 보냈는지 아니? 단테의 칸초네를 암송하며 보냈어. 둘이서 한 절씩 읊는데 말이지, 내가 틀릴 때는 그녀가 고쳐주었어. 너도 잘 알지? Amor che nella mente mi ragiona(내 마음 가득히 채워주는 사랑의 마음이여). 그녀가 이탈리아어를 배웠다는 말을 왜 해주지 않았니?”

“그건 나도 몰랐어.”

나는 몹시 놀라며 말했다.

“아니, 칸초네를 시작할 때, 그녀 말로는 그걸 가르쳐준 건 너라는데.”

“아마 알리사에게 읽어주는 걸 들었던 모양이지. 그녀가 곧잘 하던 식으로, 언젠가 우리 곁에서 바느질을 하거나 수를 놓으면서 말야. 하지만 알고 있다는 눈치는 조금도 비치지 않던데."

"그랬을 거야. 알리사와 너는 기막힌 이기주의자거든. 자기네 사랑에만 푹 빠져가지고는 그 지능, 그 영혼이 찬탄할 만하게 꽃피우는 걸 거들떠보지도 않았으니 말이야! 나를 치켜세우는 것은 아니지만, 아무튼 내가 때맞춰 나타난 거야. 그리고 너를 탓하는 건 아니야. 너도 잘 알다시피."

그는 그러고는 나를 또 껴안았다.

"이것 하나만 약속해줘, 이 일에 대해서는 알리사에게 한마디도 않는다고. 내 일은 나 혼자서 처리할 테니까. 줄리에트는 잡힌 몸이지, 그건 확실해, 이다음 방학 때까지 이대로 내버려둬도 끄떡없을 정도야. 그때까진 편지도 쓰지 않을 생각인데 뭘. 하지만 신년 휴가 땐 너하고 르아브르에 가서 방학을 지내고, 그러고 나서……."

"그러고는?"

"그거야 뭐! 알리사는 갑자기 우리의 약혼을 알게 되겠지. 이 일을 나는 신속하게 해치울 셈이야. 그러고 나선 무슨 일이 일어나는지 알겠니? 알리사의 승낙이지, 너로서는 획득하지 못한 우리의 본보기의 힘으로 내가 그걸 너에게 얻어주겠다는 거야. 우리 둘이서 알리사를 설복시키겠단 말이야. 너희가 결혼하기 전에는 우리도 결혼할 수 없지 않으냐고……."

그는 그치지 않고 이야기를 계속했다. 기차가 파리에 도착하고, 우리가 노르말에 돌아왔을 때까지도 그는 그칠 줄 모르는 이야기의 바다 속으로 나를 잠겨 들게 했다. 역에서 학교까지 걸어왔는데도,

그리고 이미 밤이 깊었는데도 아벨은 나의 방까지 따라와 아침이 다 되도록 이야기를 계속했다.

아벨은 현재와 미래까지도 멋대로 다루는 데 열광했다. 그는 벌써부터 두 쌍의 결혼식을 눈앞에 보며 이야기하는 것이었다. 각 쌍의 놀라움과 기쁨을 상상하며 묘사하기도 했고, 우리의 사랑 이야기, 우리의 우정, 그리고 내 사랑에서 자신의 소임 등 아름다움에 도취했다. 나는 이토록 솔깃한 열정에 별로 저항도 못했고, 마침내는 스스로 그런 기분에 젖어 들어 허무맹랑한 제안의 매력에 슬그머니 넘어가고 말았다. 사랑 덕분에 우리의 야망과 용기는 부풀어 오르기만 했다. 학교를 졸업하자마자 곧 보티에 목사의 주례로 두 쌍의 혼인이 축복받고 우리 넷은 여행을 떠나리라. 그리고 우리가 거창한 일에 착수하면 아내들은 기꺼이 협력자가 되어주리라. 교수직엔 별로 마음이 끌리지 않고 글 쓰는 소질만은 타고났다고 자신하는 아벨은, 발표한 몇 편의 희곡이 성공을 거두어 여태까지 없던 재산을 삽시간에 모아놓으리라. 학문에서 오는 이익보다 학문 자체에 마음이 끌리는 나로서는 종교철학에 몰두하고 그 역사를 써보기로 하리라. 그러나 이제 와서 그 많은 희망을 불러일으켜 본들 무슨 보람이 있는가? 그다음 날부터 우리는 다시 공부에 열중했다.

4

신년 휴가까지는 시일이 너무도 짧았고, 알리사와의 마지막 만남으로 몹시 열광했던 나의 믿음은 한시도 누그러질 줄 몰랐다. 마음속으로 기약했던 대로 나는 일요일마다 그녀에게 긴 편지를 썼다. 다른 날에는 같은 반 친구들과도 떨어져서 다만 아벨이나 만나볼 뿐, 알리사를 그리는 생각과 더불어 살았고, 좋아하는 책에다가는 나 자신의 재미보다도, 알리사가 맛볼 수 있는 재미를 으뜸으로 여기면서 그녀를 위한 표적을 가득 적어놓곤 했다. 그녀에게서 오는 편지는 여전히 나를 불안하게 하는 것이었다. 비록 내 편지에 꽤 규칙적으로 회답하기는 했지만, 그래도 나를 따라오는 그 열성에는, 그녀 스스로의 마음의 이끌림보다는 내 공부를 격려해주려는 염려가 더욱 도드라져 보이는 것 같았다. 또한 감상이나 토론 비평 등이 나에겐 다만 내가 생각하는 바를 나타내는 방법이지만 그녀는 반대로 이런 모든 것으로써 자기 생각을 숨기는 데 이용하려는 듯 생각되기까지 했다. 간혹 나는 그녀가 이렇게 숨기는 것을 장난처럼 하고 있지는 않나 의심하기도 했다. ……아무래도 좋다! 아무런 불평도 늘어놓지 않기로 굳게 마음을 먹은 나는 그러한 불안이 내 편지 속에서는 조금도 드러나지 않도록 했다.

12월 말경, 아벨과 나는 르아브르를 향해 떠났다.

나는 블랑티에 이모님 댁으로 갔다. 내가 들어섰을 때 이모는 댁에 계시지 않았다. 그러나 내가 내 방에 자리를 잡자마자 곧 하인이 와서 응접실에서 이모가 나를 기다리신다고 알려주었다.

이모는 나의 건강이며 숙소 형편이며 학과 공부에 관해 대강 듣고 나서, 곧이어 그 애정에 찬 호기심에 이끌려 별반 주의도 하지 않고 물었다.

"얘, 여태 나한테 말하지 않았지, 퐁그즈마르에 가 있던 게 만족스러웠는지 어땠는지를? 일은 좀 진척시킬 수 있었니?"

이모의 어설픈 호의를 견뎌내야만 했다. 하지만 아무리 반듯하고 부드러운 말씨라도 역시 나를 불편하게 만드는 듯한 감정을 그렇게 간단히 드러낸다는 건 역겨운 일이었다. 그러나 너무도 구김살 없고 정다운 어조 때문에 내가 언짢은 내색을 한다는 것은 주책없는 짓이 될 것이다. 그럼에도 나는 처음엔 좀 쏘아붙였다.

"지난봄 말씀으로는 우리의 약혼이 너무 이르다고 하지 않으셨어요?"

"그랬지, 나도 알고 있다. 처음에는 으레 그런 말을 하는 거지 뭐."

이모는 나의 한 손을 잡아 자기의 손안에 감동적으로 그러쥐면서 선뜻 대답했다.

"그리고 너의 공부며, 병역 때문에 몇 년 후가 아니면 결혼이 힘든 것도 나는 잘 알고 있어. 그렇기는 하지만 내 생각으로는 약혼 기간 이 너무 긴 건 찬성할 수 없지. 그렇게 되면 여자들이 지쳐버리거든. 하긴 때론 아주 감동적일 수도 있지만…… 그건 그렇고, 약혼은 말이지, 반드시 공표해둘 필요가 있어…… 단지 그렇게 해두면 남들이, 아무렴, 은근히 속짐작으로지만, 이제부터는 그 여자에게 손을 뻗쳐볼 필요가 없음을 알아차리게 되지. 그래도 만약 다른 누가 청혼해오면 말이지. 아주 없을 법한 일도 아니지"라고 이모는 그럴듯하게 미소와 더불어 빗대어 말했다.

"공표해둔 것이니까 은근히 대답할 수도 있지 않니? '아뇨, 그렇게 하실 필요는 없어요'라고 말이야. 너도 알겠지, 줄리에트에게 청혼이 들어왔다는 건! 올겨울에 그 애는 남의 눈에 무척 띄었거든. 아직 나이가 좀 어리고, 그 애가 대답한 것도 그거였지. 그런데 그 청년이 기다리겠다는 거야…… 정확히 말하면 이미 청년이라고 할 만한 사람은 아니지만…… 아무튼 훌륭한 배필이긴 해. 아주 틀림없는 사람이지. 그렇지 않아도 내일이면 만나볼 수 있을 게다. 크리스마스트리를 보러 우리 집에 오겠다니까. 네 느낌이 어떤지 나중에 내게 꼭 말해주렴."

"모르긴 하지만 이모, 그 사람이 헛수고를 하는 게 아닐까요? 줄리에트 마음엔 딴 사람이 있을지도 모르죠."

나는 아벨의 이름을 대뜸 가르쳐주지 않으려고 무척 애를 쓰면서 말했다.

"뭐?"

설마 하는 듯이 입을 뾰족하게 내밀고 머리를 갸우뚱하면서 이모는 미심쩍다는 듯이 말했다.

"깜짝 놀랄 얘기로구나! 근데 어쩌자고 그 애가 그런 말을 여태껏 한마디도 하지 않았을까?"

더는 말하지 않으려고 나는 입술을 깨물었다.

"이런 참! 나중에 다 알게 되겠지. 줄리에트가 요즘 좀 앓고 있어서……."

이모는 다시 말을 계속했다.

"게다가 지금 문제는 그 애가 아니지, 그래! 알리사도 참 귀여운 애지…… 그런데 했니, 안 했니? 그 애에게 선언을?"

선언이라는 말이 내게는 너무도 어울리지 않게 들려 진정으로 발끈해지기는 했지만, 정면으로 질문을 받았고 거짓말을 잘 꾸며대지 못하는 나로서는 얼버무려 대답했다.

"네."

그러자 내 얼굴이 활활 타오르는 듯이 느껴졌다.

"그러니까 그 애가 뭐라고 하던?"

나는 고개를 숙였다. 대답하고 싶지 않았다. 더욱 어쩔 줄 모르게 되어 나 자신도 모르는 사이에 대답을 하고 말았다.

"약혼을 거절하더군요."

"그래! 일리가 있구나, 고 깜찍한 애가!"

이모는 소리쳤다.

"너희야 아무 때나 할 수 있는 거니까. 아무렴……."

"아아! 이모, 그 이야기는 이제 그만하세요."

나는 말을 막으려 했으나 헛일이었다.

"그 애의 그런 처사에도 나는 놀라게 되지 않는구나. 그 애는 언제나 너보다도 지각이 있어 보였거든."

나는 그때 무엇에 사로잡혔는지 잘 모르는 채 분명 그렇게 다져 물으신 말에 흥분되어 갑자기 가슴이 에이는 듯했다. 마치 어린애처럼 나는 마음씨 고운 이모의 무릎에 이마를 묻고 비비대며 흐느꼈다.

"이모, 아니에요. 이모는 몰라요! 알리사가 기다려달라고 청한 건 아녜요."

"아아니 뭐라고! 그 애가 너를 싫어하기라도 한단 말이냐?"

이모는 손으로 내 이마를 떠받치며 아주 부드러운 연민에 찬 음성으로 말했다.

"그것도 아녜요…… 아녜요, 분명히 그렇지는 않아요."

나는 서글프게 머리를 가로저었다.

"그 애가 이제는 너를 사랑하지 않을까 봐 두렵니?"

"아아! 아니에요. 제가 두려워하는 건 그게 아니에요."

"얘야, 내가 알아듣게 좀 똑똑하게 설명해줘야 할 게 아니니?"

내 마음이 약해져버린 것이 나로서는 부끄럽고도 서글펐다. 이모는 분명 나의 모호한 태도의 이유를 모르고 있었다. 하지만 만일 알리사가 거절한 이면에 뚜렷한 어떤 동기가 숨어 있는 것이라면, 이모가 그녀에게 부드럽게 물어봐서 나를 도와 그 동기를 밝혀낼 수도 있을 듯했다. 이모는 곧 자신이 손수 그런 이야기를 꺼냈다.

"들어봐."

이모는 말을 이었다.

"내일 아침에 알리사가 크리스마스트리를 꾸미러 오기로 했으니까, 어떻게 된 영문인지 당장 알아보마. 그리고 점심때 알려줄게. 그러면 네가 걱정할 것은 아무것도 없다는 것을 깨닫게 되겠지, 틀림없이."

뷔콜랭 댁으로 나는 저녁을 먹으러 갔다. 아닌 게 아니라 며칠 전부터 앓고 있던 줄리에트는 사람이 변해 보였다. 그녀의 눈길은 좀 표독스럽고 또 거의 냉혹한 표정을 띠고 있어서, 전보다 훨씬 더 자기 언니와 달라 보였다. 그날 저녁, 나는 그녀들 중 누구와도 별다른 이야기를 할 수 없었다. 나도 이야기할 마음이 전혀 없었거니와, 게다가 외삼촌이 피로해 보였기 때문에 식사를 마친 후 곧 물러 나왔다.

블랑티에 이모가 마련하는 크리스마스트리는 해마다 많은 아이들과 친척들과 친구들을 모이게 했다. 이 트리는 층계참이기도 한 현관 입구에 세워져 있었고, 이 현관은 첫 번째 문간방, 응접실, 그리고 찬장을 들여놓은 온실 비슷한 방의 유리문 등으로 통해 있었다. 트리 장식이 끝나지 않았기 때문에 잔칫날 아침, 곧 내가 도착한 이튿날, 알리사는 이모가 말씀하신 대로 꽤 이른 아침부터 와서는 여러 가지 장식이니 조명, 과일, 과자, 장난감 등속을 나뭇가지에 달아매는 일로 이모를 도왔다. 나 역시 알리사 곁에서 이런 일을 거든다면 커다란 즐거움을 맛볼 수 있을 것 같았지만 이모와 이야기하도록 내버려두지 않으면 안 되었다. 나는 그녀를 만나지 않고서 집을 나와버렸고, 아침 한나절 불안한 마음을 억누르려고 애썼다.

줄리에트를 만나보고 싶은 마음에서 나는 우선 뷔콜랭 댁에 갔다. 가보니 아벨이 나보다 앞서 그녀 곁에 와 있기에, 중요한 이야기를 중단시킬까 두려워 곧 되돌아서서 점심때까지 선창가와 거리를 헤맸다.

"이런 바보!"

내가 들어서자, 이모가 외쳤다.

"그따위 쓸데없는 생각으로 인생을 망쳐버리려 하다니. 네가 오늘 아침 내게 들려준 이야기는 도무지 이치에 닿지도 않아. 아무렴! 내가 단도직입적으로 말했지. 우리를 거들어주느라고 피로해진 미스 애슈브르통을 바람 좀 쐬라고 내보내고 나서, 알리사하고 단둘이만 있게 되었을 때, 거두절미하고, 왜 올여름에 약혼하지 않았느냐고 아주 간단하게 물어보았지. 그 애가 난처해했으리라 생각하겠지만 그 애는 조금도 그런 기색이 아니더라. 아주 침착하게 동생보다 먼저 결혼하고 싶지 않다고 대답하더구나. 그 애에게 솔직히 물어봤더라면 나에게 말한 그대로 네게도 대답했을 게다. 혼자서 끙끙 앓고 있는 까닭은 바로 거기에 있는 거야. 그렇지 않니? 얘야, 솔직한 것만큼 좋은 것은 없어. ……가엾은 알리사는 자기 아버지에 관해서도 이야기했는데 아버질 떠날 수 없다고도 하더구나…… 오! 우리는 많은 이야기를 했지. 그 조그만 애가 아주 지각이 있더구나. 아직 자기가 너한테 어울리는 여자인지 아닌지 확신이 서지 않는다는 말도 하더라고. 자기가 네게 너무 나이가 많지는 않나 그것도 두렵고, 차라리 줄리에트 나이 또래의 여자가 바람직하다고……."

76

이모는 계속했다. 그러나 나는 듣고 싶지 않았다. 단 한 가지 일만이 내게는 중요했던 것이다. 알리사는 제 동생보다 먼저 결혼하기를 거부한다는 것이었다. 하지만 아벨이 있지 않은가! 그러고 보면 그 녀석 말이 옳았구나, 잘난 체만 하던 그 녀석이. 그의 말마따나 동시에 우리 두 쌍의 혼인을 이뤄놓으려는 거다…….

아주 단순한 것이기는 하지만, 이모의 얘기가 나를 흥분시켰고, 나는 최선을 다해 이모에게 그 감정을 숨겼다. 이모에게는 너무나도 당연한 기쁨, 그리고 그것이 다 당신의 덕택이라고 생각될수록 한층 더 이모를 흡족하게 해 기쁨만을 나타내 보였다. 점심을 끝내고 나는 곧장 되는대로 핑계를 대어 이모 곁을 물러나 아벨을 만나러 달려갔다.

"어때, 내 뭐라고 하던!"

나의 기쁨을 알려주자, 그는 나를 껴안으면서 소리쳤다.

"이봐, 오늘 아침 줄리에트와 한 이야기는 거의 결정적이었다고 이제 단언할 수 있어. 하긴 우리는 거의 네 이야기만을 했지만, 그렇지만 그녀가 고단해 보이고 뒤숭숭해 보이길래 지나치게 깊이 그녀를 자극하거나, 너무 오래 머물러 있어서 흥분시킬까 두려웠지. 네 말을 듣고 보니 일은 다 된 거야! 가서 얼른 단장(短杖)과 모자를 가져올게. 혹시 도중에 내가 훌쩍 날아가 버리면 날 붙잡아줄 셈치고 뷔콜랭 댁 문간까지만 따라와줘. 나는 지금 오이포리온*보다도 더

---

* 괴테의 《파우스트》 2부 참고. 파우스트와 헬레나 사이에 태어난 아이로, 하늘로 날아오른다.

몸이 가벼운 것 같으니까…… 제 언니가 네게 승낙하지 않는 게 오로지 자기 때문이라는 걸 줄리에트가 알면, 그리고 곧이어 내가 청혼을 하면, 아아! 제롬, 나는 오늘 저녁 우리 아버지가 크리스마스트리 앞에서 행복에 겨운 눈물을 흘리면서 주님을 찬양하고, 축복에 넘치는 손을 무릎 꿇은 네 사람의 약혼자 머리 위에 뻗으시는 게 벌써부터 보이는 듯해. 미스 애슈브르통은 탄식 속으로 증발해버릴 것이고, 블랑티에 아주머니는 웃웃 속으로 녹아내리겠지. 환히 불이 밝혀진 트리는 주님의 영광을 찬송할 테고《성서》에 나오는 산들처럼 손뼉을 칠 거야.”

해 질 무렵이 되면 크리스마스트리에 불이 켜질 것이며, 애들과 친척들과 친구들이 그 주위로 모여들 것이다. 아벨을 내버려 두고 나온 후, 불안과 초조에 가득 차서 일손이 잡히지 않았기 때문에 나는 기다리는 동안을 잊으려고 생 아드레스의 낭떠러지까지 갔다. 도중에 길을 잃었는데 블랑티에 이모 댁으로 다시 돌아온 건 다행히도 성찬이 시작된 지 오래지 않아서였다.

현관에 들어서자마자 나는 알리사를 보았다. 그녀는 나를 기다렸던 모양으로 곧장 내게로 왔다. 얇은 겉옷의 파여 있는 곳에는 목에서부터 오래되고 자그마한 자수정 십자가가 빛나고 있었다. 어머니를 기억하자고 내가 준 것이었지만, 그러나 여태껏 나는 그녀가 그걸 달고 있는 것을 보지 못했다. 그녀의 표정은 긴장되어 있었고, 고통스러운 안색은 내 가슴을 아프게 했다.

“왜 이렇게 늦었어?”

그녀는 억눌린 듯하며 재빠른 목소리로 말했다.

"낭떠러지에서 길을 잃었어…… 그런데 어디 아픈 모양이구나. 아니! 알리사, 무슨 일 있었어?"

그녀는 당황한 듯이 입술을 부르르 떨며 잠시 내 앞에 서 있었다. 벅찬 괴로움이 나를 졸라매고 있어서 감히 나는 캐어묻지를 못했다. 그녀는 마치 나의 얼굴을 끌어당기려는 듯이 내 목에 손을 얹었다. 그녀가 얘기하고 싶어 한다는 것을 알았다. 하지만 그 순간 손님들이 들어왔다. 맥이 풀려버린 그녀의 손은 아래로 내려졌다.

"이제는 시간이 없어."

그녀는 중얼거렸다. 그리고 내 눈에 눈물이 가득히 고여 드는 것을 보면서, 마치 이런 보잘것없는 변명이 나를 충분히 가라앉힐 수 있기라도 하다는 듯 내 눈길의 질문에 대답했다.

"아니야…… 안심해. 머리가 좀 아플 뿐이야. 저 애들이 어찌나 소란을 피우는지…… 난 이리로 도망 오지 않을 수 없었어. 이제 그 애들 곁으로 가봐야 해."

그녀는 갑자기 내 옆을 떠났다. 사람들이 들어와서 나와 그녀를 떼어놓아버렸다. 그렇지만 응접실에서 다시 만나게 되리라고 생각하고 있었다. 방 저쪽 끝에서 한 떼의 애들에게 둘러싸여 놀이를 짜주고 있는 그녀가 보였다. 그녀와 나 사이에 여러 사람이 보였고, 그녀에게 가려면 누군가에게 붙잡히지 않고 지나칠 수 없었다. 인사니, 이야기니 그러한 것을 나눌 수 있을 것 같지 않았다. 혹시 이 벽을 따라 살짝 빠져나간다면…… 나는 그렇게 해보았다.

내가 정원의 커다란 유리문 앞을 지나려 할 때, 무엇인가가 내 팔을 꽉 붙잡는 것을 느꼈다. 줄리에트가 거기에 있었다. 문간에 반쯤 몸을 감추고 커튼으로 몸을 감싼 채.

"온실로 가."

그녀는 다급하게 말했다.

"말할 게 있어. 그쪽으로 먼저 가. 나도 뒤따라갈게."

그러고는 얼른 문을 조금 열고 정원으로 달아나버렸다.

무슨 일이 일어났던 것일까? 아벨을 만나보고 싶었다. 그 애가 무슨 말을 했을까? 무엇을 한 것일까? 현관으로 되돌아오며 나는 줄리에트가 기다리고 있는 온실로 들어갔다.

그녀의 얼굴은 벌겋게 달아 있었다. 찌푸린 눈썹 때문에 그녀의 눈초리가 거칠고도 괴로운 모습으로 보였다. 신열이라도 있는 듯 그녀의 눈은 번들거리고 있었다. 목소리조차 까칠까칠하고 경련을 일으키고 있는 것 같았다. 무언지 모를 분노의 감정이 그녀를 흥분시키고 있었다. 불안한 마음에도 불구하고 나는 그녀의 아름다움에 놀랐고, 거의 어색할 지경이었다. 우리 둘뿐이었다.

"알리사가 말했어?"

그녀는 곧장 물었다.

"겨우 두어 마디, 내가 늦게 들어왔거든."

"자기보다 앞서 내가 결혼하기를 언니가 바란다는 걸 알아?"

"응."

그녀는 나를 뚫어지게 보았다.

"그리고 내가 누구와 결혼하기를 언니가 원하는지도?"

나는 아무 말도 하지 않고 있었다.

"오빠한테야!"

그녀는 소리 질렀다.

"미친 짓이야!"

"그렇지?"

그녀의 목소리에는 절망과 승리감이 동시에 깃들어 있었다. 그녀는 다시 몸을 일으켜 세웠다. 아니, 몸을 온통 뒤로 내던졌다.

"이제는 내가 할 일이 뭔지 알겠어."

그녀는 막연한 말을 덧붙이고 나서 등 뒤로 나 있는 정원 문을 나선 후 그 문을 난폭하게 닫아버렸다.

온갖 것이 내 머리와 가슴속에서 비틀거렸다. 관자놀이에서 맥이 뛰는 것을 느꼈다. 오직 하나의 생각만이 내 마음의 혼란에 대항해 버티고 있었다. 아벨을 찾자, 그러면 그 애는 어쩌면 이 두 자매가 하는 야릇한 이야기를 설명해줄 수 있을지도 모른다. 하지만 혼란스러워하는 모습을 모든 사람이 다 알아차릴 거라는 생각을 하니 나는 응접실로 감히 들어갈 수가 없었다. 나는 밖으로 나왔다. 정원의 얼어붙은 공기가 나를 가라앉혔다. 나는 잠시 거기 서 있었다. 밤이 내리고 있었으며, 바다 안개가 시야를 가렸다. 나무들은 잎이 다 떨어져 있었고 대지와 하늘은 끝없이 비탄에 잠겨 있는 듯이 보였다. ……노랫소리가 들려왔다. 분명 크리스마스트리 주위에 모여 있는 아이들의 합창이었을 것이다. 현관으로 해서 나는 다시 들어갔다. 응접실과 문간방의 문들은 열려 있었다. 이제는 텅 비어버린 응접실에서 줄리에트와 이야기를 하고 있는 이모가 피아노 뒤에 반쯤 가려져 있었다. 문간방에서는 크리스마스 트리 주위로 손님들이

붐비고 있었다. 어린애들이 찬송가를 마친 때였다. 갑자기 조용해
지더니 보티에 목사가 트리 앞에서 무슨 설교 비슷한 것을 시작했
다. 그는 자신이 말하는바 '좋은 씨를 뿌리기' 위해서는 어떠한 기회
도 놓치는 법이 없었다. 불빛과 열기에 나는 불쾌했다. 다시 나가고
싶었다. 문에 기대어 있는 아벨이 보였다. 그는 조금 전부터 거기 있
었던 모양이다. 그는 매섭게 나를 쳐다보더니, 우리의 시선이 엇갈
리자 어깨를 들썩했다. 나는 그에게로 갔다.

"바보 자식!"

그는 나지막하게 내뱉었다. 그리고 불쑥 말했다.

"야, 이봐! 밖으로 나가자. 훌륭한 말씀은 실컷 들었어!"

밖으로 나와 내가 말없이 그를 걱정스레 바라보자 아까와 같은
말을 다시 내뱉었다.

"바보 자식!"

"그녀가 사랑하는 사람은 너란 말이야, 이 바보야! 그래, 미리 말
해줄 순 없었니?"

나는 아찔했다. 나는 알고 싶지도 않았다.

"아니, 말할 수 없었겠지! 너 혼자서는 그런 것을 알아차릴 수도
없었을 테니까."

그는 내 팔을 붙들더니 미친 듯이 흔들어댔다. 악다문 이 사이로
새어 나오는 그의 목소리는 부들부들 떨리며 씩씩거렸다.

"아벨, 제발 빈다."

나는 잠시 후 떨리는 목소리로 말했다. 그러고는 그가 성큼성큼
나를 마구 끌고 가는 동안 말했다.

"이렇게 흥분하지만 말고, 무슨 일이 있었는지 말 좀 해봐. 난 뭐가 뭔지 아무것도 몰라."

가로등 불빛 아래서 그는 돌연히 나를 세우더니, 내 얼굴을 뚫어져라 쳐다보았다. 그러더니 와락 나를 끌어안으며 내 어깨에 얼굴을 파묻고는 흐느끼는 소리로 웅얼거렸다.

"용서해! 나도 역시 바보야. 나도 너보다 더 잘 알아차리진 못했어."

눈물은 그를 좀 진정시킨 듯했다. 그는 다시 고개를 들고 걷기 시작했다. 그리고 말했다.

"무슨 일이 있었느냐고? 이제 와서 다시 말해본들 무슨 소용이 있겠니? 아침에 줄리에트에게 이야기를 했지. 이건 너에게도 말했지. 그녀는 별나게도 예쁘고 생기에 차 있었어. 그게 나 때문인 줄 믿었지. 알고 보니 그건 우리가 네 이야기를 한 것 때문이었어, 순전히⋯⋯."

"그때는 너도 몰랐을 거 아니야?"

"몰랐어, 똑똑히는. 하지만 이젠 아무리 작은 대목이라도 낱낱이 환하게 드러나."

"네가 잘못 생각하고 있지 않다는 건 분명해?"

"잘못 생각하고 있다고! 천만에, 그녀가 너를 사랑한다는 것을 보지 못한다면 장님일 수밖에 없는걸."

"그래서 알리사가⋯⋯."

"알리사가 자신을 희생하고 있는 거야. 자기 동생의 비밀을 알게 되자, 자기 자리를 양보하려고 했던 거지. 어때 넌! 이해하기 어려운

일은 아니지? 하기야…… 나는 줄리에트에게 다시 이야기해보고
싶었어. 내가 말을 꺼내자마자, 아니 내 말을 알아듣기 시작하자마
자, 그녀는 우리가 앉아 있던 긴 의자에서 벌떡 일어서더니, 여러 번
이나 되풀이해서 '그런 줄 알았어요'라고 말하는 거야. 도무지 그런
줄은 몰랐던 사람의 어조로…….''

"아아, 농담은 제발 그만해!"

"왜? 우스운 이야기야. 그녀는 제 언니 방으로 들이닥쳤지. 느닷
없이 격렬한 목소리가 들리길래 난 깜짝 놀랐어. 줄리에트를 다시
봐야겠구나, 하고 마음을 먹고 오는 판인데, 얼마 있다가 나오는 것
을 보니 알리사야. 모자를 쓰고 있었는데, 나를 보고는 어색한 빛을
띠더니, 지나치면서 재빨리 '안녕하세요?'라고 하더구나…… 그뿐
이야."

"줄리에트를 다시 못 보았니?"

아벨은 조금 망설였다.

"봤지, 알리사가 나가버린 뒤에 나는 그 방문을 밀었거든. 줄리에
트는 난로 앞에서 대리석 위에 팔꿈치를 세우고는, 두 손으로 턱을
받친 채 꼼짝 안 하고 서 있더라. 뚫어지게 거울 속의 제 모습을 노려
보면서 말야. 나의 기척을 듣더니 돌아보지도 않은 채 '제발, 혼자 있
게 좀 해주세요!'라고 소리 지르면서 발을 동동 구르더군. 어찌나 매
몰찬지 나는 더 있지도 못하고 도로 나와버렸지. 그게 전부야."

"그럼 이제부터는?"

"아아! 털어놓고 나니까 기분이 좋구나…… 이제부터는? 글쎄!
넌 이제부터 줄리에트의 상사병을 치료하는 데 힘쓰렴. 내가 알리

사를 아주 잘못 본 것이 아니라면 말이다. 그러기 전에는 알리사가 네게 돌아오지 않을 테니까……."

우리는 꽤 오랫동안 잠자코 걸었다.

"돌아가자!"

마침내 그가 말했다.

"손님들도 이제는 다 갔어. 아버지가 나를 기다리실지도 몰라."

우리는 돌아왔다. 응접실은 정말 텅 비어 있었다. 문간방에도 장식이 다 떨어지고 불도 거의 다 꺼져 있는 트리 곁에 이모와 그 두 아이들, 뷔콜랭 외삼촌, 미스 애슈브르통, 목사, 외사촌 누이들, 그리고 퍽 우스꽝스러워 보이는 사나이, 이모와 한참 동안 이야기하고 있는 것을 보기는 했지만 줄리에트가 나에게 말하던 그 청혼자라는 것을 비로소 알게 된 사나이, 이렇게밖에는 없었다. 우리 중 누구보다도 몸집이 크고 다부지고 얼굴이 더 벌겋고 거의 대머리인 데다 다른 계급, 다른 사회, 다른 태생의 그 사나이는 우리 사이에 낀 자신을 이방인인 듯 느끼고 있는 것 같았다. 그는 거추장스러운 콧수염 아래로 희끗희끗한 황제수염 꼬투리를 초조하게 끌어당겼다 비볐다 하고 있었다. 현관문은 활짝 열려 있었는데 불도 켜져 있지 않았다. 두 사람 다 소리 내지 않고 들어섰기 때문에, 우리가 와 있는지를 알아차린 사람은 아무도 없었다. 무서운 예감이 나를 엄습했다.

"잠깐!"

내 팔을 붙잡으면서 아벨이 말했다.

그때 우리는 그 낯선 사나이가 줄리에트에게 다가서서, 아무런 저항도 없이 내민 줄리에트의 손을 붙잡는 것을 보았다. 밤이 내 가슴을 덮었다.

"하지만 아벨, 이게 무슨 일이니?"

나는 중얼거렸다. 마치 아직도 잘 이해하지 못한 듯이, 아니면 그러기를 바란 듯이.

"아무렴! 그녀는 경매(競賣)를 하고 있는 거야."

그는 새어 나오는 목소리로 말했다.

"줄리에트는 언니 값 이하에서 남아 있고 싶지 않은 거야. 저 위에서는 천사들이 박수갈채를 보내고 있을 거야!"

외삼촌이 다가가 미스 애슈브르통과 이모에 둘러싸여 있는 줄리에트의 뺨에 입맞추었다. 보티에 목사도 다가섰다…… 나는 한 걸음 앞으로 나섰다. 알리사가 나를 보고 뛰어오더니 오들오들 떨며 말했다.

"하지만 제롬, 이럴 수는 없어. 저 아이는 저 사람을 사랑하고 있지도 않은걸! 오늘 아침에도 저 애는 그렇게 말했어. 말려줘, 제롬! 오오, 저 애가 어떻게 되려고?"

절망적으로 애걸하며 그녀는 내 어깨에 매달렸다. 나는 그녀의 고통을 덜어주기 위해서라면 내 생명이라도 내던졌을 것이다.

트리 곁에서 갑자기 외치는 소리, 혼잡하게 웅성거리는 소리가 들려왔다. 우리는 뛰어갔다. 줄리에트는 정신을 잃고 이모의 팔에 쓰러져 있었다. 저마다 다급히 서둘러 그녀에게 몸을 굽혔다. 그래서 나는 그녀를 잘 볼 수 없었다. 흐트러진 머리카락이 무섭도록 창백한 그녀의 얼굴을 뒤로 끌어당기는 듯했다. 그녀의 몸이 가끔 꿈틀거리는 것으로 보아 이것은 결코 예사로운 까무러침이 아닌 것 같았다.

"아녜요, 아녜요!"

이모는 기겁하신 뷔콜랭 외삼촌을 안심시키려고 큰 소리로 말했다. 보티에 목사도 집게손가락으로 하늘을 가리키며 벌써부터 외삼촌을 위로하고 있었다.

"아니야, 아무렇지도 않을 거야. 흥분한 탓이야. 그저 신경이 좀 발작한 것뿐이야. 테시에르 씨, 날 좀 거들어줘요, 튼튼한 분이시니까요. 내 방으로 데려가야겠어요. 내 침대에다…… 내 침대에다…… 내 침대에다……."

그러더니 이모가 자기의 맏아들 쪽으로 몸을 굽히고 귀에다 무슨 말인가를 하자, 의사를 부르러 가는 듯 그는 얼른 자리를 떠났다.

이모와 그 청혼자는 그들의 팔 안에서 반쯤 젖혀져 있는 줄리에트의 어깨 밑으로 손을 넣어 받치고 있었다. 알리사는 제 동생의 발을 들어 올리고 다정하게 껴안았다. 아벨은 뒤로 떨어질 듯한 머리를 받쳐주고 있었고, 그녀의 흩어진 머리카락을 쓸어모으며 마구 입을 맞추고 있는 꾸부정한 그의 모습을 나는 보았다.

방문 앞에서 나는 멈추어 섰다. 줄리에트는 침대에 눕혀졌다. 알리사는 테시에르 씨와 아벨에게 몇 마디 말을 했지만, 나에겐 전혀 들리지 않았다. 그녀는 두 사람을 문간까지 따라나와서는 블랑티에 이모와 단둘이서 남아 있을 작정이니, 자기의 동생이 안정되도록 돌아가 달라고 당부했다.

아벨은 나의 팔을 붙잡고 밖으로 이끌었다. 우리는 갈 곳도 없이, 용기도 없이, 아무런 생각도 없이 어둠 속을 오랫동안 걸었다.

5

　알리사에 대한 사랑이 아닌 어떤 것에서도 나는 내 삶의 이유를 발견하지 못했으며, 나는 그것에 매달렸고, 내 사랑하는 이에게서 오는 것이 아니면 아무것도 기대하지 않았고, 이제는 기대하고 싶지도 않았다.

　다음 날 그녀를 만나러 가려 하는데 이모가 나를 붙잡더니, 방금 받은 편지를 내밀었다.

　……줄리에트의 극심한 흥분은 의사가 처방해준 물약으로 아침 녘이 되어서야 겨우 누그러졌어요. 앞으로 며칠은 제롬이 부디 오지 말기를 빌어요. 줄리에트가 그의 발소리나 목소리를 알아들을 텐데, 줄리에트에게는 지금 절대 안정이 필요하거든요.

　제가 두려워하는 건 줄리에트의 병세가 저를 여기다 붙들어놓지 않을까 하는 것입니다. 만일 제가 제롬이 떠나기 전까지 그를 만나지 못하게 되면, 사랑하는 고모, 제가 그에게 편지 쓰겠다는 것을 말씀해주세요…….

방문 금지는 오직 나에게만 해당하는 것이었다. 이모에게나 또 다른 누구에게나 뷔콜랭 댁의 초인종을 누르는 것은 자유였다. 더구나 이날 아침에도 이모는 그곳에 갈 셈이었다. 내 발소리, 목소리라고? 그 무슨 신통치 못한 구실이람. 아무튼 좋다!

"알았어요. 저는 가지 않을게요."

당장 알리사를 만나볼 수 없는 것이 내게는 몹시 괴로운 일이었다. 하지만 나는 그녀를 만나는 것이 두렵기도 했다. 제 동생의 병을 내 탓으로 여기고 있지는 않은지 두려웠다. 역정이 난 그녀를 만나느니 차라리 만나지 않는 편을 더 쉽게 견뎌낼 것 같았다. 하지만 아벨은 다시 만나보고 싶었다. 그의 문전에서 하녀가 내게 쪽지를 하나 건네주었다.

네가 염려하지 않도록, 몇 마디 남긴다. 르아브르에 머문다는 것, 이토록 줄리에트 가까이에 있다는 것이 내게는 견딜 수 없는 일이다. 지난밤 너와 헤어진 후 곧 사우샘프턴행 배표를 끊었다. 런던 S의 집에서 남은 방학을 보낼 계획이다. 학교에서 다시 만나자.

인간의 모든 도움은 나를 일시에 저버렸다. 이제는 쓰라린 일밖에는 남지 않은 체류를 더는 끌지 않고 나는 개학에 앞서 파리로 돌아와버렸다. 나는 '모든 진실한 위로와 모든 은총, 그리고 모든 완전한 은혜가 비롯하는' 하느님께로 눈길을 돌렸다. 나는 주께로 내 고통을 바쳤다. 알리사도 역시 안식을 찾아 주께로 갔으리라고 생각했고 그녀도 기도하고 있다고 생각하니, 나의 기도도 한층 북돋워졌고 열광적이 되었다.

명상과 공부가 반복되는 긴 시간이 지나갔다. 알리사의 편지와 내가 그녀에게 쓰는 편지들 외에는 별다른 사건도 없이…… 그녀의 모든 편지를 나는 간직해두었다. 나의 추억은 여기서부터 희미해지기에 이 편지들을 기준으로 더듬어갈 생각이다.

이모를 통해, 처음엔 이모만을 통해, 나는 르아브르의 소식을 들었다. 나는 이모를 통해 줄리에트의 힘에 겨운 병세가 며칠 동안 얼마만 한 근심을 끼쳤는지 알게 되었다. 내가 떠나고 열이틀 만에야 비로소 나는 알리사로부터 다음과 같은 편지를 받았다.

나의 그리운 제롬, 내가 좀 더 일찍 편지를 쓰지 못한 걸 용서해 줘. 가엾은 줄리에트의 병세가 나에게 거의 시간을 주지 않았어. 우리의 소식을 전해주십사고 이모에게 당부해두었는데, 그렇게 해주셨겠지. 그래서 알고 있겠지만, 사흘 전부터 줄리에트는 점차 나아지고 있어. 난 벌써부터 하느님께 감사드리고 있지만 그래도 아직은 마음을 놓을 수가 없어.

지금까지 로베르에 관해서는 별로 이야기한 바 없지만, 그는 나보다 며칠 늦게 파리로 돌아오면서 제 누이들의 소식을 전해주었다. 오로지 그의 누이들 때문에 마음 내키는 이상으로 나는 그를 보살펴주었다. 그가 다니던 농업학교가 그를 자유롭게 풀어줄 때마다 나는 그를 보살폈고 그의 기분을 쾌활하게 해줄 궁리를 하곤 했다.

내가 감히 알리사나 이모에게 여쭤볼 수 없었던 일들을 안 것은 그 애를 통해서였다. 에두아르 테시에르는 줄리에트의 소식을 알려고 아주 끈덕지게 찾아왔으나, 로베르가 르아브르를 떠날 때까지 그녀는 그를 만나지 않았다는 것이었다. 나는 또한 내가 떠나온 이래로 줄리에트가 자기의 언니 앞에서 고집 센 침묵을 지키고 있었다는 것도 알게 되었다.

그리고 얼마 후에 이모를 통해, 나의 예감대로 알리사가 당장 파기되기를 바랐던 줄리에트의 약혼을 줄리에트 자신이 될 수 있는 대로 속히 공표되기를 청했다는 걸 알았다. 충고도, 명령도, 애원도 소용없게 된 이 결심은 줄리에트의 이마에 아로새겨졌고, 그녀의 눈을 가렸고, 그녀를 침묵 속에 가둬버린 것이었다.

세월이 흘러갔다. 나는 알리사에게서, 하기는 나도 그녀에게 무엇을 써야 할지를 몰랐지만, 너무나도 실망에 찬 편지들밖에는 받아보지 못했다. 자욱한 겨울 안개가 나를 둘러싸고 있었다. 내 학업도, 그리고 나의 사랑과 내 신앙의 모든 열정도, 아아! 나의 마음에서 어둠과 추위를 거두어가지는 못했다. 시간은 지나갔다.

그리고, 갑자기 찾아든 봄날의 어느 아침, 그때 마침 르아브르에 있지 않았던 이모에게 보낸 알리사의 편지를 이모가 내게 전해주었다. 그 편지에서 나는 이 이야기를 밝혀줄 수 있는 부분을 다시 적는다.

……저의 순종적인 태도를 칭찬해주세요. 고모가 시키는 대로 테시에르 씨를 오시도록 했어요. 저는 그와 함께 오랫동안 이야기했죠. 나무랄 데 없는 사람이라는 것도 알게 되었고, 솔직히 말씀드리자면, 제가 두려워했던 것만큼 이 결혼이 불행하지는 않으리라는 것도 거의 믿게 되었어요. 분명히 줄리에트는 그이를 사랑하고 있지는 않지만, 저에게는 그분이 한 주일, 한 주일마다 점점 사랑받을 가치가 있는 사람이라고 생각되는군요. 그분은 이번 일의 형편에 대해서도 뚜렷한 관찰을 가지고 이야기할 뿐 아니라 줄리에트의 성격도 그릇되게 보고 있지는 않아요. 그렇지만 그 사람은 줄리에트에 대한 자기의 사랑의 능력에는 대단한 자신을 가지고 있어요! 자신의 꾸준한 마음이 이겨내지 못할 것은 아무것도 없다고 확신하고 있거든요. 한마디로, 줄리에트에게 아주 홀랑 반한 거죠.

정말, 제롬이 그렇게 로베르를 보살펴준다는 걸 알고 저는 말할 수 없이 고마워하고 있어요. 제 생각으로는 제롬이 의무감에서 그렇게 하는 것 같아요. 로베르의 성격이 제롬과는 별로 닮은 데가 없으니까요. 어쩌면 저를 기쁘게 해주려고 그러는 것 같아요……. 그렇지만 필경 제롬도 이미 받아들일 의무가 벅차면 벅찰수록 그 의무는 영혼을 가꿔주며 향상시킨다는 걸 알아차렸을 거예요. 이 몹시도 고귀한 생각! 고모의 큰조카딸이 이런 생각을 한다고 너무 웃지 마세요. 왜냐하면 줄리에트의 결혼을 좋은 일이라고 바라보도록 힘쓰는 저를 지지해주고 도와주는 것이 바로 이러한 생각이니까요.

정다우신 내 고모! 고모의 애정에 찬 걱정은 저에게 얼마나 다정한 것인지요. 하지만, 제가 불행하다고는 행여 생각지 마세요. '오히려 그 반대'라고 저는 말할 수 있을 지경입니다. 왜냐하면요, 줄리에트를 휩쓴 시련이 제 속에서 그 반동을 일으켰던 거니까요. 별달리 이해하지도 못한 채 되풀이해 읽던《성서》의 말씀이 갑자기 환하게 이해되더군요.

"사람을 믿는 자는 불행하느니라……."

저는 이 말씀을 제가《성서》에서 찾아내기 훨씬 전에, 제롬이 열두 살도 채 못 되고 제가 열세 살이 되던 해에, 제롬이 저에게 보냈던 조그마한 크리스마스카드에서 읽은 적이 있어요. 카드를 열자 꽃다발 곁에 그 무렵 저희에게 무척 아름답게 보였던 코르네유가 주석(註釋)한 이런 시구가 있었어요.

세상의 그 무슨 전승(戰勝)의 매력이
오늘 나를 주께로 이끄는가!
사람들 위에 자기의 기둥을
세우는 자는 불행하도다!

사실 저는 이 주석보다는 〈예레미야〉의 그 소박한 구절을 훨씬 더 좋아한답니다. 필경 제롬도 그 당시에는 이 구절에 별다른 주의를 기울이지 않은 채로 카드를 고른 것이겠죠. 그렇지만 그의 편지로 판단하건대 요즈음은 그의 경향이 저와 꽤 비슷해요. 그래서 저는 날마다 하느님께 우리 두 사람을 한꺼번에 가까이해주신 걸 감사드리고 있어요.

고모와의 이야기를 많이 생각하고서 저는 제롬에게 그전처럼 긴 편지를 쓰지 않기로 했어요. 제롬의 공부를 방해하지 않으려고요. 제롬에 대한 이야기를 해서 제가 직접 편지 못하는 걸 그만큼 보상하고 있다고 아무래도 생각하실 것 같군요. 자꾸만 쓰게 될까 봐 이만 그치겠어요. 이번만은 너무 꾸중하지 말아주세요.

이 편지를 읽고 나는 얼마나 숙고했는지 모른다. 나는 이모의 사려 깊지 못한 참견(알리사가 넌지시 암시한 이모와의 그 이야기, 나에게 침묵을 가져온 그 이야기란 무엇이었을까?)과, 나에게 이 편지를 전해주도록 이모를 충동한 그 서투른 친절을 저주했다. 벌써부터 내가 알리사의 침묵을 견딜 수 없게 되어 있는 바에야, 아아! 그녀가 내게 하지 않은 말을, 다른 남에게 편지로써 보낸다는 사실을 차라리 모르고 있도록 하는 편이 몇천 배나 더 좋았을 텐데! 생각이 여기에 이르자, 모든 것이 짜증스러웠다. 우리 사이의 그 사소한 비밀들을 이렇게도 쉽사리 이모에게 이야기하다니! 게다가 그 천연스러운 어조, 게다가 그 침착함, 그 정색한 태도, 그 시원시원한 글⋯⋯.

"그렇지 않대도 그래, 이 불쌍한 친구야! 이 편지를 알리사가 너한테 부치지 않았다는 것을 알았다는 것 외에 너를 짜증 나게 하는 건 아무것도 없잖아?"

아벨은 그렇게 말했다. 그는 내 일상생활의 단짝이었고 성격의 차이에도 불구하고, 또는 오히려 그 차이 때문에 나도 아벨에게만은 여러 가지 이야기를 할 수 있었다. 내가 외로울 때면 약한 마음, 울고 싶도록 동정을 구하는 마음, 스스로에 대한 불신, 그리고 내가 난감한 처지에서도 그의 충고에 대해 지니고 있는 신뢰의 마음이 언제나 나를 그에게로 기울어지게 했다.

"이 편지를 연구해보자."

그는 자기 책상 위에 그 편지를 펼치며 말했다.

이미 사흘 밤을 분한 마음으로 보냈으며, 나는 그 분함을 나흘이나 간직하고 있었다. 그래서 나는 아벨이 다음과 같은 말을 해치우는 기분에 거의 자연스럽게 동의하게 되었다.

"줄리에트-테시에르, 이 한 쌍을 사랑의 불길 속으로 내던져버리자, 응? 너나 나나 그 불길이 어떤 것인 줄은 알고 있잖아? 제기랄! 테시에르란 자는, 그 불길에 태워버리기엔 꼭 필요한 나비처럼 보이는구나."

"그건 그렇다 치고,"

그의 농담에 역겨워진 나는 그에게 말했다.

"나머지 문제로 돌아가자."

"나머지 문제? 나머지 문제야 온통 너에 관한 거지. 그러니 한탄이라도 해보렴! 네 생각이 미치지 않는 거라곤 한 줄도, 한마디도 없잖아. 편지 사연 하나하나가 온통 너한테 부쳐진 거라고 할 수 있을 정도야. 펠리시 아주머니는 네게 이 편지를 보내, 진짜 수취인에게 편지를 돌려보낸 것뿐이지. 알리사가 부득이한 경우에 다다른 듯이 편지를 이 맘씨 좋은 아주머니께 부칠 수밖에 없었던 것은 바로 네 탓이야. 도대체 네 이모에게 코르네유의 이 시구절이 무슨 소용이 있겠니! 말이 난 김에 하지만 이건 라신의 시야. 알리사와 함께 이야기하고 있는 사람은 너란 말이야. 알리사는 너에게 말하고 있는 거야. 앞으로 수주일 내에 알리사가 네게 이만큼 길고 거리낌 없고, 상냥한 편지를 쓰도록 하지 못한다면 말이야, 너는 진짜 바보일 수밖에 없어."

"알리사가 도무지 그렇게 안 하는데도!"

"알리사가 그렇게 하느냐 않느냐는 오직 네게 달려 있어! 알아듣겠니? 이제부터는…… 한동안 너희 사이의 사랑이나 결혼에 대해서는 한마디도 비치지 마. 제 동생의 일 이후로 알리사가 원망을 품고 있는 게 바로 그 일이라는 걸 모르겠니? 그러니 이제부터는 네가 그녀와 남매 간이라는 면에 대해서 공작을 하고, 꾸준하게 로베르에 대해서만 써 보내란 말이야. 네가 그 천치 녀석을 보살피는 참을성을 발휘하고 있으니까 말이지. 알리사의 머리만 그저 즐겁게 해주기를 계속해보렴. 나머지 일은 모두 잘될 거야. 아아, 그녀에게 편지를 써야 할 사람이 나이기만 하다면!"

"너는 그녀를 사랑할 자격이 안 되는걸."

그러면서도 나는 아벨의 충고를 따랐다. 그러자 과연 알리사의 편지는 곧 생기를 띠기 시작했다. 그러나 나는 줄리에트의 행복이라고는 못할지라도 형편이 정해지기 전에는 알리사로부터 참다운 기쁨이나 거리낌 없이 내맡기는 마음을 기대할 수가 없었다.

알리사가 제 동생에 대해 보내주는 소식은 차츰 좋아졌다. 줄리에트의 결혼은 7월에 거행하기로 했다는 것이었다. 알리사가 내게

편지하기로는 그쯤에는 아벨이나 나나 학업에 잔뜩 묶여 있으리라
는 걸 자기는 잘 알고 있다는 것이었다. ……우리가 식장에 나타나
지 않는 것이 낫다고 판단한 것이다. 그래서 우리는 무슨 시험을 핑
계 삼아 축하 편지를 보내는 것으로 인사를 차렸다.

결혼식 후 약 두 주쯤 되어 알리사가 보낸 편지를 받았다.

　그리운 제롬,

　나의 놀람을 좀 짐작해보렴. 어제 우연히 네가 준 그 아름다운 라
신의 시집을 펼치다가, 벌써 근 십 년간이나 내《성서》속에 간직하
고 있는 너의 그 오래되고 자그마한 크리스마스카드에 적힌 넉 줄
의 시구를 발견했단다.

　세상의 그 무슨 전승(戰勝)의 매력이
　오늘 나를 주께로 이끄는가!
　사람들 위에 자기의 기둥을
　세우는 자는 불행하도다!

　코르네유의 주석에서 뽑은 걸로 알았는데, 그다지 훌륭하다고
여기지도 않았고. 그런데 '제4 영송가(靈頌歌)'를 읽어나가다가 네
게 적어주지 않을 수 없을 만큼 아름다운 연(聯)을 몇 개 보았어. 그
책의 여백에다 네가 함부로 적어놓은 첫 글자들로 미루어보면, 네
가 이미 알고 있는 모양이지만(아닌 게 아니라, 나는 내가 좋아하
고 그녀에게도 알려주고 싶은 구절이 있을 때마다 내 책이나 알리

98

사의 책에다 그녀의 이름 첫 글자를 써놓는 버릇이 있었다), 상관없어! 내가 옮겨 적는 것은 내 즐거움을 위해서니까. 내가 발견했다고 생각한 것이 사실은 네가 가르쳐준 것이라 처음에는 속이 좀 상했지만, 그러한 몹쓸 생각은 곧 너도 나처럼 이것을 좋아했구나, 하고 생각하는 나의 기쁨 앞에서 사라져버렸어. 여기에 그걸 다시 옮겨 쓰노라니, 너와 함께 읽는 듯하구나.

불멸하는 지혜의 음성이
울리며 우리를 가르치노라.
그 음성 말하기를, 인간의 아들들이여,
너희의 심려(心慮)로 얻은 열매는 무엇인가?
그 무슨 잘못으로, 허탕한 영혼들아,
너희 현관의 가장 맑은 피로써 그래도 번번이 너희는 사는가(買)?
너희를 먹이는 빵이 아니고,
전보다 한결 더 굶주리게 하는
한 줄기 그림자를.
내가 너희에게 권하는 이 빵은
천사들의 양식으로 쓰이는 것이니,
주께서 손수 밀알의 정수(精髓)로써
만드시는 양식이다.
이토록 향기로운 빵이야말로
너희가 따르는 세상의 무리는
결코 식탁에 올리지 않는다.

나를 따르는 자에게 주리라.

가까이 오라. 살고자 하는가?

들어라, 먹어라, 그리고 살아라.

(…)

행복스레 갇혀 있는 영혼은

주의 굴레 안에서 평안을 구하며,

영원토록 마를 리 없는

싱싱한 샘물로 목을 축인다.

누구나 찾아와 마실 수 있는 물,

이 물은 온갖 중생을 부른다.

그러나 우리는 미친 듯이 날뛰며

진흙 구렁, 더러운 샘물이거나

언제나 생명의 물, 달아나버리는

거기에 가득 괸 물을 찾는다.

얼마나 아름다우니! 제롬, 얼마나 아름다워! 정말 너도 나처럼 이 시를 아름답다고 여기니? 내가 가지고 있는 판(版)의 짧은 주를 보면, 도말 양이 부르는 이 송가를 들으면서 맹드농 부인이 감탄에 잠겨, '눈물을 흘리고는' 그 곡 일부를 되풀이하게끔 했다는구나. 이젠 나도 이 송가를 암송하는데, 아무리 읊어도 싫증 나지 않는다. 그저 하나 섭섭한 일은 네가 이 송가를 읽는 걸 들어보지 못했다는 것뿐.

신혼여행 중인 부부에게서 오는 소식은 계속해 아주 좋은 소식

뿐이야. 무더운 더위에도 불구하고 베이욘과 비아리츠 등지에서 줄리에트가 얼마나 즐겼는지는 너도 이미 알고 있지? 그들은 퐁티라비에 들른 후 뷔르고스에 머물렀고, 피레네산맥을 두 차례나 넘었대…… 지금 몽세라에서 줄리에트가 감격에 찬 편지를 보내왔어. 포도 수확 준비를 하려고 9월 이전에 님므로 돌아가기까지 열흘은 더 바르셀로나에 머물 생각이래.

한 주 전부터 아버지와 나는 퐁그즈마르에 와 있는데, 미스 애슈브르통은 내일이면 오실 것이고, 로베르도 나흘 후에는 오기로 되어 있어. 불쌍한 그 애가 시험에 실패했다는 것은 너도 알고 있겠지? 어려웠다기보다는 시험관이 워낙 야릇한 문제들을 내는 바람에 당황했던 모양이야. 그 애가 열심히 공부한다는 너의 편지도 있고 해서, 나는 로베르가 준비를 소홀히 했으리라고는 생각할 수 없어. 그런데 아무래도 그 시험관은 학생들을 그렇게 어리둥절하게 하는 것이 재미있는 모양이야.

너의 합격에 대해서는 제롬, 그것이 내게는 너무도 자연스러운 일이어서 축하한다는 말도 할 수 없지 않니? 나는 이토록 너를 믿고 있어, 제롬! 네 생각을 시작하기만 하면 내 가슴은 희망으로 부풀어 오른다. 전에 이야기하던 그 일을 이제부터라도 시작할 수 있겠니?

……이곳 정원은 무엇 하나 변하지 않았어. 그런데도 집 안은 얼마나 텅 비었는지! 왜 올해는 너보고 오지 말라고 부탁했는지를 너는 이해할 수 있을 거야. 그렇잖아? 내 기분으로는 그게 더 나을 듯했어. 속으로 이 말을 날마다 되풀이하고 있어. 이렇게도 오래오래

너를 만나지 않고 지내는 것이 쓰라리기 때문에 이따금 나도 모르게 너를 찾을 때가 있어. 책을 읽다가도 문득 고개를 돌리곤 해…… 꼭 네가 거기 있는 듯해서!

다시 편지를 계속한다. 지금은 밤이야. 모두 잠들어 있어. 열려 있는 창 앞에서 나는 네게 편지를 쓰느라고 늦게까지 앉아 있어. 정원은 온통 향기로 가득 찼고 대기는 훈훈해. 기억나니? 우리가 어렸을 때 아주 아름다운 것을 보거나 들을 때면 우리는 생각했지. "고맙습니다, 하느님. 이런 것을 창조해주셔서"라고. 이 밤 나는 내 온 영혼으로 생각한다. "고맙습니다, 하느님. 이렇게도 아름다운 밤을 만들어주셔서!" 그러고는 갑자기 네가 여기 있기를 바랐고, 네가 내 곁에 있다는 걸 느껴. 너도 그걸 느낄 수 있을 만큼이나 사무치는 힘으로. 그래, 편지에서 너는 곧잘, '올바르게 태어난 영혼엔' 감탄이 감사와 혼동된다고 말했었지…… 아직도 네게 더 쓰고 싶은 게 얼마나 많은지! 나는 줄리에트가 내게 말해준 그 빛나는 나라를 생각하고 있어. 더 넓고, 더 빛나고, 더 황량한 다른 나라들도 생각해보고 있어. 어느 날 어떻게일지는 모르지만 둘이서 함께 어떤 알지 못할 신비스러운 큰 나라를 보게 되리라는 '이상한' 신념이 나의 마음속에 자리하고 있단다…….

얼마나 큰 기쁨의 용솟음으로, 그리고 또 얼마만 한 사랑의 흐느낌으로 내가 이 편지를 읽었는지를 아마 쉽사리 상상할 수 있을 것이다. 다른 편지들도 뒤이어 왔다. 물론 알리사는 내가 퐁그즈마르에 가지 않은 것을 고마워했고 금년에도 그녀를 만나려고 하지 않기를 간청했다. 그러면서도 그녀는 나의 부재(不在)를 아쉬워했고, 이제는 내가 있기를 바라고 있는 것이다. 한 장 한 장의 편지마다 나를 부르는 그녀의 한결같은 외침이 울리고 있었다. 이를 참아낼 힘을 나는 어디서 얻었을까? 필경, 아벨의 충고에서 얻었을 것이고 갑자기 나의 기쁨을 허물어뜨리지나 않을까, 하는 두려움과 나의 마음의 이끌림에 대한 자연적인 긴장에서 그리했을 것이다. 뒤이어 온 편지들 가운데서 나는 이 이야기를 알려줄 수 있는 것을 모두 적어보겠다.

    그리운 제롬,

    네 편지를 읽으며 나는 기쁨으로 녹아들어가고 있어. 오르비에토에서 부친 네 편지에 답장을 하려는 참인데, 배루즈와 아시시에서 부친 편지가 동시에 도착했어. 내 마음은 나그네가 되었고 내 몸만이 여기 있는 시늉을 하고 있어. 정말이지 나는 너와 함께 움부리아의 하얀 길을 걷고 있어. 아침이면 너와 함께 길을 떠나고, 전혀 새로운 눈으로 동터오는 것을 보고…… 정말로 코르통의 언덕에서 나를 불렀니? 그래, 나도 들었단다…… 아시시 위의 그 산에서는 무섭게 목이 말랐지! 그렇지만 프란체스코회(會)의 그 수도사가 주던 한 잔의 물이 얼마나 맛있었던지! 오오 제롬, 나는 너를 통해서 모든 것을 보고 있다. 성(聖) 프란체스코에 대해 써 보내준 이야기는 얼마나 좋았는지 몰라! 정말이야. 찾아야 할 건 결코 마음의 해방이 아니라, 바로 '감격'이야. 마음의 해방이란 것에는 언제나 그

알미운 자만이 따르지. 야망이란 반항하기 위해서가 아니라, 봉사하기 위해서 써야 할 거야.

님므에서 오는 소식들은 너무나 좋은 것이어서 이제는 나도 기쁨에 몸을 맡기도록 하느님께서 허락해주시는 것 같아. 이번 여름 오직 하나의 근심거리는 가엾은 우리 아버지의 모습이야. 내 정성에도 불구하고 아버지는 늘 쓸쓸하시다라기보다도, 내가 아버지 혼자 계시게 내버려 두기만 하면 곧 그 쓸쓸한 기분으로 되돌아가셔서, 마음을 돌려드리기가 점점 어렵게 돼. 주위에서 들려오는 자연의 온갖 속삭임도 아버지에게는 낯선 것이 되어 이제는 거기에 귀를 기울이려고 하지도 않아. 미스 애슈브르통은 안녕하시고, 두 분께 네 편지를 읽어드리고 있어. 편지 하나면 사흘쯤 얘깃거리가 되지. 그러다 보면 다음 편지가 도착하고…….

……로베르는 그저께 이곳을 떠났어. 남은 방학은 친구 R의 집에서 보내겠대. R의 아버지는 모범 농장을 경영하고 있대. 여기서 우리가 영위하는 생활은 아무래도 그 애에게는 별로 즐거운 것이 못 되나 봐. 떠나겠다고 말할 때 그 애의 계획을 찬성해줄 수밖에 없었어.

……할 말이 무척 많아. 끊임없이 이야기하고 싶어. 때때로 말이나 뚜렷한 생각이 이제 떠오르지 않을 때가 있는데, 오늘 저녁에도 나는 꿈꾸듯이 글을 쓰고 있지만, 단지 어떤 무한한 부(富)를 주고받고 있는 듯한, 거의 숨 막히는 느낌만을 지닌 채 말이야.

어떻게 우리가 그토록 몇 달씩이나 서로 침묵하고 지낼 수 있었을까? 동면(冬眠)을 하고 있었던가? 오! 침묵의 그 무서운 겨울이 영원히 끝나버리기를!

너를 다시 찾고부터는 삶도, 생각도, 우리의 영혼도 모두가 한없이 아름답고 사랑스러우며 풍요롭구나.

9월 12일

피사에서 보낸 네 편지는 잘 받았어. 우리가 있는 이곳 또한 희한한 날씨야. 노르망디가 이처럼 아름다워 보인 적이 여태껏 없었어. 그저께는 혼자서 목적지도 없이 발길 닿는 대로 벌판을 가로질러 오랫동안 거닐었어. 태양과 기쁨에 흠뻑 취해서 돌아왔을 때는 피곤했다기보다는 오히려 흥분되어 있었어. 활활 타는 태양 아래 있는 그 노적 더미들은 얼마나 아름다운지 구태여 내가 이탈리아에 있다고 상상하지 않더라도 온갖 것이 놀랍도록 아름답게 보였어.

그래, 네가 말하듯 자연의 〈아련한 찬미가〉 속에서 내가 듣고 이해한 것은 환희에로의 권유였지. 그 권유를 새소리 하나하나에서 들으며, 꽃송이 하나하나의 향기 속에서도 맡았어. 나는 이제 유일한 기도의 형식으로 예찬이라는 것밖에 없다는 사실을 이해할 수 있게 되었고, 성 프란체스코와 함께 '오직' '주여! 주여!'를 '형용할 수 없는' 사랑에 가득 찬 마음으로 되풀이하고 있어.

그렇다고 내가 무식한 여인이 되지나 않나 하고 걱정하지는 마! 요즈음은 책도 많이 읽었어. 며칠 동안 비가 온 덕택으로 나는 나의 예찬을 책 속에 접어 넣다시피 했어……《말브랑슈》를 다 읽고 라이프니츠의《클라크에게 보낸 편지》를 읽기 시작했어. 그러고는 좀 휴식할 생각으로 셸리의 《첸치 일가》를 별다른 즐거움도 없이 읽었어. 《미모사》도 읽었고, 네가 화를 낼지도 모르지만 지난해 여름에 우리가 함께 읽었던 키츠의 시가(詩歌) 네 편과 바꾼다면 셸리와 바이런의 거의 모두를 내줄 수 있을 것 같아. 마찬가지로 보들레르의 몇몇 소네트를 위해서는 위고 전부를 내줘버릴 거야. '위대한 시인'이란 말은 아무런 의미도 없어. '순수한' 시인이라는 것, 그것이 중요한 것이지. 오, 제롬! 나에게 이러한 모든 걸 알게 하고, 이해시켜주고, 사랑할 수 있게 해줘서 고마워.

······아니야, 며칠 동안 만나는 즐거움을 위해 네 여행을 단축하지는 마. 신중하게 생각해보고 하는 말이지만, 아직은 서로 만나지 않는 편이 좋아. 나를 믿어줘. 네가 내 가까이에 있다 하더라도 지금보다 더 너를 생각하지는 못할 거야. 너를 괴롭히고 싶지는 않지만, 나는 지금 네가 여기 있기를 바라지 않게 되었어. 솔직히 고백한다면 네가 오늘 저녁에 온다는 걸 내가 알게 된다면 나는 달아나버릴 거야. 오오! 제발 이 감정의 설명을 요구하지는 말아줘. 다만 내가 알고 있는 것은 끊임없이 나는 너를 생각하고 있다는 거야(네 행복을 위해서는 이것만으로도 만족해야 해). 그리고 나는 이대로 행복하다는 거야.

이 마지막 편지를 받고 얼마 지나지 않아서, 이탈리아에서 귀국하자마자 나는 곧 징집되었고 낭시로 이송됐다. 아는 사람 하나 없이 낭시에 혼자 있게 된 것이 기뻤다. 왜냐하면 이러한 고적함 속에서야말로 그녀의 편지만이 나의 유일한 안식처이며, 또 롱사르가 말했듯이 그녀에 대한 추억이 '나의 유일한 원동력'이라는 사실이, 애인이라는 나의 자존심에나 알리사에게 한결 더 뚜렷이 나타났기 때문이다.

사실 나는 우리에게 과해진 상당히 힘겨운 규율도 무척 유쾌한 마음으로 견뎌냈다. 나는 모든 것에 대해 마음을 도사리고 있었고, 알리사에게 쓰는 편지에서도 함께 있지 못함을 아쉬워할 뿐이었다. 그래서 우리는 이렇게 헤어져 있는 오랜 기간에도 우리의 용기에 어울리는 시편을 찾아내기까지 했던 것이다. '결코 하소연하지 않는 너'라고 알리사는 써 보냈다. 그녀의 말에 대한 증거를 위해서라면 무엇인들 내가 견뎌내지 못했으랴?

우리가 마지막으로 본 후 거의 1년이 흘러갔다. 알리사는 그러한 것은 생각해보지도 않는 것 같았고, 단지 이제부터 자기의 기다림을 시작하는 것 같았다. 나는 그 점에 대해 그녀를 비난했다.

이탈리아에서 나는 너와 함께 있지 않았니?(라고 그녀는 회답해 왔다) 제롬, 나는 단 하루도 너를 떠난 일이 없는데, 그것도 모르다니! 이제 잠시만 너를 따라가지 못하는 것을 이해해줘. 그러니 이것이 다만 내가 '이별'이라고 부르는 그것이야. 군인 차림의 너를 상상해보려고 무척 애를 써…… 이건 정말이야. 하지만 그렇게 되지를 않아. 겨우 저녁 무렵, 강베타 거리의 그 조그만 방에서 글을 쓰고 있거나 책을 읽고 있는 너를 생각해내는 게 고작이야. 그런데 이것마저도 뚜렷하지를 않아. 정말 나는 1년 후 퐁그즈마르나 르아브르에서 너를 만날 것 같아.

　1년! 이미 지나버린 날들을 세는 건 아니야. 나의 희망은 다가오고 있는 미래의 한 점에 못 박고 있어. 천천히 천천히 다가오고 있는 기억을 되살려보렴. 정원의 깊숙한 안쪽, 그 낮은 울타리, 그 밑에서 국화가 바람을 피해 피어 있고, 그 위로 우리가 위험스레 돌아다니던 곳을. 줄리에트와 너는 천국으로 곧장 올라가는 회교도처럼 겁도 없이 그 위를 성큼성큼 걸어 다니곤 했지. 나는 몇 걸음만 떼어놓아도 현기증이 나곤 해서 그때마다 네가 밑에서 고함을 쳤지. '그러니까 발밑을 보지 말란 말이야! ……앞만 봐! 쉬지 말고 그대로 나가! 목표를 정해!' 그러고는 마침내, 소리치는 것보다는 그편이 더 나았지. 너는 담 저쪽 끝에 뛰어 올라가서는 나를 기다려주었지. 그러면 나는 떨리지 않았어. 더 이상 현기증도 나지 않았고, 나는 너 이외는 아무것도 보지 않았고, 팔을 벌리고 있는 네게로 뛰어가곤 했었지…….

　너에 대한 믿음이 없었다면, 제롬, 나는 어떻게 되었을까? 나는 네가 굳세다는 것을 늘 느끼려고 해. 네게 나를 의지하는 게 필요해. 약해지지 말아줘.

　일종의 도전감에서 우리의 기다림을 짐짓 연장하며 또 불완전한 재회에 대한 두려움에서, 내가 설날 무렵에 며칠간 휴가를 내어 파리에 가서 미스 애슈브르통 곁에서 지내기로 우리는 합의했다.

　앞에서도 말했지만, 나는 이들 편지의 전부를 옮겨 적고 있는 것은 아니다. 2월 중순경에 나는 다음과 같은 편지를 받았다.

그저께 뤼 드 파리를 지나가 M 서점 진열대에서, 네가 알려주기는 했지만, 그 '사실'에 대해서는 믿어지지 않던 아벨의 책이 아주 보란 듯이 진열되어 있는 것을 보고 정말 놀랐어. 나는 참을 수가 없었어. 그래서 들어갔지. 하지만 제목이 너무도 야릇해서 점원에게 말하기가 망설여졌어. 나는 아무거나 다른 책을 하나 사들고 책방을 뛰쳐나오는 장면까지 생각해봤어. 요행히《지나친 친밀》의 조그만 책더미가 카운터 옆에서 손님을 기다리고 있길래, 한 권 뽑아 쥐고는 입을 열 필요도 없이 100수를 던졌어. 아벨이 책을 보내주지 않은 데 정말 감사하고 있어. 얼굴을 붉히지 않고는 책장을 넘길 수가 없었어. 그 창피함은 책 자체 때문보다 그 책에서 나는 결국 야비함이라기보다는 우둔함을 한결 더 많이 발견했어. 아벨이, 너의 친구인 아벨 보티에가 이 책을 썼다는 사실이 창피했던 거야.《르탕》의 평론가가 그 책에서 발견했다는 그 '훌륭한 재능'을 찾아보려고 한 장 한 장 넘겨가며 보았지만 헛수고였어. 르아브르의 이 조그만 지역 사회에서는 아벨이 곧잘 화젯거리로 등장하는데, 그 책의 평도 무척 좋다고 듣고 있어. 이 작가의 고칠 길 없는 경박성을 '경묘함'이니 '우아함'이니 하고 부르기도 하더군. 물론 나는 조심성 있게 신중함을 지키고 있고, 책을 읽은 소감도 오직 너에게만 말할 뿐이야. 처음에는 의당 슬퍼하시던, 그 가엾은 보티에 목사님도 이제는 오히려 그 책에서 무슨 자랑거리가 될 게 없나 생각하기 시작하셨어. 그분 주위에 있는 사람들은 저마다 목사님이 그렇게 믿으시도록 애를 쓰고 있거든. 어제 블랑티에 고모 댁에서…… 부인이 불쑥, "아주 기쁘시겠군요, 목사님. 아드님이 훌륭하게 성공을 하셨으니"라고 말씀하시니까, 목사님은 좀 당황해서 이렇게 대답하시더라. "뭘요, 저는 아직 그렇게까지 생각하지 않는데……."라고. "하지만 그렇게 생각되실걸요. 그렇게 생각하실 거예요"라고 고모님이 말씀하시자, 물론 악의는 없었지만 그 어투가 워낙 용기를 북돋는 투여서 모두 웃기 시작했지, 목사님까지도.

불바르의 어느 극장에서 상연하려고 아벨이 준비하고 있다는 말도 들리고, 신문에서도 벌써부터 논급하고 있는 듯한 《신(新) 아벨라르》가 상연되면 도대체 무슨 꼴이겠니? 가엾은 아벨! 이것이 그가 바라고 있고, 또 만족해버리고 말 성공이라는 걸까!

어제 나는 〈마음의 위안〉*에서 이런 말을 읽었어. "진실하고도 영원한 영광을 진실하게 바라는 자는 속세의 일시적인 영광을 마음에 두지 않느니라. 마음속으로 이를 경멸하지 않는 자는 하늘의 영광을 진정 좋아하지 않음을 보여주는 셈이다." 그래서 생각했지. 하느님이시여! 그 지상의 어떠한 영광과도 비길 수 없는 이 성스러운 하늘의 영광을 위해 제롬을 저에게 선택해주셨음을 감사하나이다, 하고 말이야.

몇 주일, 몇 달이 단조로운 근무 속에서 흘러갔다. 그러나 내 마음이 늘 추억이나 희망에만 걸려 있었기 때문인지, 나는 세월이 느리다든지 시간이 길다는 것을 그다지 느끼지 못했다.

외삼촌과 알리사는 6월에 님프 가까이 줄리에트를 만나러 가게

---

* 토마스 아 켐피스의 《그리스도를 본받아》 3권 3장 제목

되었다. 줄리에트는 그 무렵 해산을 기다리고 있었다. 그런데 좀 좋지 못한 소식이 그들의 출발을 서두르게 했다.

르아브르로 보낸 네 마지막 편지는 우리가 그곳을 떠난 직후에 도착했어(라고 알리사가 내게 편지를 보내왔다). 한 주일이나 지나서야 겨우 이곳에 있는 내 손에 들어왔다는 것을 어떻게 설명해야 할지? 한 주일 내내 나는 무언지 빈 것 같고, 얼어붙은 듯하고, 불안스럽고, 오므라드는 마음이었어. 오, 나의 제롬! 나는 이제 정말 네가 있어야 참된 나일 수 있고, 또 그 이상일 수 있어.

줄리에트는 다시 건강해져 가고 있어. 우리는 그 애의 해산이 오늘일까 내일일까 하고 기다리고 있어. 뭐 별걱정은 없어. 오늘 아침 내가 네게 편지 쓰고 있다는 것을 그 애는 알고 있었어. 우리가 에그비브에 도착한 다음 날 그 애가 묻더구나.

"제롬하고는 어때? 여전히 편지해?" 그래서 내가 감추지 못하고 말을 하자, "이번에 편지할 때는 그에게 이렇게 말해줘……." 한동안 망설이더니 아주 부드럽게 미소를 지으면서, "내가 다 나았다고." 한결같이 즐겁기만 한 그 애의 편지를 받아보면서도, 행복을 억지로 가장하고 있지나 않을까, 그 애 자신이 그러한 기분에 휩싸이지나 않을까 하고 좀 걱정했어. 그런데 오늘날 그 애가 행복이라고 생각하고 있는 것들은 전에 그 애가 곧잘 꿈꾸던 것, 그 애의 행복을 좌우하는 듯싶던 것들과는 너무나 성질이 달라졌어. ……아! '행복'이라고 불리는 건 어쩌면 이렇게도 영혼과 밀접한 것일까! 외부에서 행복을 형성하고 있는 듯한 요소들은 어쩌면 이다지도 부질없는 것일까! 벌판을 혼자 거닐면서 생각한 그 많은 일들을 모두 쓰지는 않겠어. 다만 그 벌판에서 내가 놀랐던 것은 이제는 나 자신 즐거움을 느끼지 못한다는 사실이야.

줄리에트가 행복한 것으로 만족해야 할 텐데 어째서 마음은 억제할 수 없는 우울에 사로잡히는 것일까?

내가 느끼는, 아니 적어도 내가 바라보는 이 고장의 아름다움조차 오히려 설명할 길 없는 슬픔을 돋우어줄 따름이야. 네가 이탈리아에서 편지하던 그 무렵, 나는 너를 통해 모든 것을 볼 수 있었어. 그런데 지금은 너 없이 나 혼자서 바라보는 모든 것이 마치 내가 너한테서 훔쳐내고 있는 것만 같아. 결국 나는 퐁그즈마르나 르아브르에서 울적한 날에 대비해 저항의 힘을 기르고 있었던 거야. 그런데 여기 와서 보니 그 힘은 이미 아무런 소용도 없어졌어. 그것이 쓸모없게 되었다고 생각하니 불안하기만 해. 사람들이나 이 고장의 즐거움도 역겨워. 어쩌면 내가 슬프다고 부르는 상태란, 단순히 그들처럼 떠들썩한 상태가 아니라는 것에 불과할지도 몰라. 아무래도 전에 나의 기쁨에는 무슨 오만이 깃들어 있었던 모양이야. 왜냐하면 지금 이 지방의 즐거운 분위기에 싸여 있으면서도, 내가 느끼는 것은 굴욕과도 비슷한 감정이고 보니.

이곳에 온 다음부터는 기도도 별로 드리지 못했어. 하느님도 이제는 그전 자리에 계시지 않다는 어린애 같은 느낌이야. 안녕히. 총총히 그쳐야겠어. 이러한 모욕적인 말, 나의 약한 마음, 나의 서글픔이 부끄럽고, 또 그것을 고백한다는 것이, 그리고 우체부가 오늘 저녁에 가져가지 않는다면 내일은 갈기갈기 찢어버리고 말 이런 이야기를 모두 써 보낸다는 것이 부끄럽기만 해.

다음번에 온 편지에서는 그녀가 대모(代母)가 될 자기 조카딸의 출생, 줄리에트의 기쁨, 외삼촌의 기쁨 따위에 관해서만 이야기했을 뿐…… 그녀 자신의 느낌에 대해서는 이제 문제 삼지도 않았다.

그러자 퐁그즈마르의 소인이 찍힌 편지가 또다시 오기 시작했고, 7월에는 줄리에트도 거기에 와 있었다.

오늘 아침 에두아르와 줄리에트는 떠났어. 내가 서운해하는 것은 무엇보다도 그 귀여운 갓난아이가 떠난 것이야. 여섯 달 후 다시 보게 될 때면 그 몸짓도 알아보지 못하게 커 있겠지. 지금까지 그 애가 발명해내는 모든 몸짓을 나는 거의 하나도 빠트리지 않고 다 지켜보았어. '생성(生成)'이란 언제나 참으로 신비롭고 놀라운 것이야. 우리가 평소에 좀 더 자주 놀라지 않는 것은 관찰력의 결핍 때문이지. 희망에 가득 찬 그 조그만 요람을 굽어보며 보낸 시간이 얼마인지. 그 무슨 이기심, 그 무슨 만족, 최선에 대한 갈망의 그 무슨 결핍 때문에 발전은 그리도 빨리 멈춰버리며, 온갖 피조물은 그처럼 하느님에게서 멀리 떨어져 나가는 것일까? 오! 그러나 우리가 주께로 더욱 가까이 갈 수만 있다면, 좀 더 가까이 가기를 원하기만 한다면…… 얼마나 경쟁심이 생길 것인가!

줄리에트는 아주 행복해 보여. 처음엔 그 애가 피아노도 독서도 그만두는 것을 보고 슬퍼했어. 그러나 에두아르는 음악을 좋아하지도 않으며 책에도 별다른 흥미를 갖지 않는다는 거야. 남편이 따라오지 못하는 즐거움을 찾으려 들지 않는 줄리에트야말로 분명 현명하게 움직이고 있는 거지. 반대로 줄리에트는 남편의 일에 흥미를 붙이고 있고 남편도 자기가 하는 모든 사업에 관해 그 애가 잘 알 수 있도록 해주는 모양이야. 올 들어 사업의 규모가 무척 커졌대. 르아브르에 귀한 단골 손님들이 생긴 것도 다 이 결혼 때문이라고 에두아르는 곧잘 농담을 한단다. 로베르는 요전번 사업에 관계되는 여행 때 에두아르와 동행했어. 에두아르는 그 애를 세심히 보살펴주는데, 그 애의 성격을 잘 이해한다고 장담하면서, 그 애가 이런 종류의 사업에 진정으로 재미를 붙이게 될 거라고 즐거워하고 있어.

아버님은 훨씬 나아지셨어. 딸이 행복한 것을 보게 되어 다시 젊어지시는 모양이야. 농장이나 정원 일에 다시금 재미를 붙이게 되셨어. 방금도 뭐라고 하시냐 하면, 미스 애슈브르통과 셋이서 시작했다가 테시에르 가족이 와서 중단되었던, 소리 내어 읽는 독서를 다시 나더러 해달라는 거야. 내가 그런 식으로 두 분께 읽어드리고 있는 것은 휴브너 남작*의 여행기인데 나 자신도 퍽 재미있게 읽고 있어. 이제부터는 나 역시, 책 읽을 시간이 좀 더 많아질 거야.

하지만 네게서 무슨 지시가 있었으면 하고 기다리고 있어. 오늘 아침 나는 몇 권의 책을 한 권 한 권 뒤적거렸는데, 어느 하나도 마음에 들지를 않는구나!

---

* 19세기 오스트리아의 외교관

알리사의 편지는 이때부터 더욱 혼란해지고 더욱 절박해졌다.

　네가 걱정하고 있지나 않나 하는 두려움이, 얼마나 내가 널 기다리고 있는지를 말하지 못하게 하지만(여름이 끝날 무렵 그녀는 내게 써 보냈다), 너를 다시 만날 때까지의 하루하루가 짐이 되어 무겁게 날 누르고 있어. 아직도 두 달! 너와 멀리 떨어져 지낸 그 모든 시간보다 훨씬 긴 것 같구나! 기다리는 마음을 잊어보려고 기울이는 노력이 보는 것마다 우스꽝스럽고도 거짓되게 생각되어 이제 아무것에도 마음을 기울이지 못하겠어. 책도 이제 아무 힘이 없어. 매력도 없고, 산책도 아무 재미가 없어. 대자연 전체도 신기함이 없고, 정원도 퇴색되어 향기가 없어. 나는 차라리 너의 고된 과업, 강제적이고 의무적인 그 훈련, 끊임없이 너를 너 자신에게서 떼어놓고 너를 피곤케 하며, 하루하루를 쏜살같이 지나가게 만들고, 저녁이면 피곤에 축 늘어진 너를 잠 속으로 몰고 가는 그 고된 과업이 부러워. 기동 연습에 관해서 써 보낸 너의 감동적인 묘사는 내 마음을 온통 사로잡았어. 잠 못 이루는 요 며칠 밤, 몇 번씩이나 나는 기상나팔 소리에 벌떡 뛰어 일어나곤 했어. 정말 나는 그 소리를 들었던 거야. 네가 이야기해준 그 가벼운 도취, 새벽녘의 그 기쁨, 그 반쯤 눈부신 듯한 황홀, 나는 정말 이러한 것을 잘 상상해볼 수 있어. ……새벽에 그 얼어붙은 눈부심 속에서 말제빌의 그 고지가 얼마나 아름다웠을까!

　얼마 전부터 몸이 좋지를 않아. 오! 조금도 대수롭지는 않아. 단지 너를 좀 지나치게 기다리는 탓이라고 생각해.

그리고 여섯 주일이 지났다.

　이게 마지막 편지야. 제롬, 네 귀환 날짜에 대해서 아직도 확정되지 않았다고는 하지만 그 날짜가 아주 늦어지지는 않겠지. 그러니 이제 네게 편지할 사이도 없을 거야. 나는 너를 퐁그즈마르에서 만나고 싶지만, 날씨가 나빠졌고 요즈음은 몹시 추워서 아버지는 시내로 돌아가자는 말씀만 하셔. 줄리에트도 로베르도 우리와 함께 있지 않으니, 너를 집에 머무르게 하기도 손쉬운 일이기는 하지만, 아무래도 네가 펠리시 고모님 댁에 있는 편이 좋을 것 같아. 고모님도 기뻐하실 거고.
　재회의 날이 가까이 올수록 기다리는 마음은 점점 더 근심스러워져. 거의 두려움에 가까운 기분이야. 그토록 바라고 바라던 너의 귀환이 막상 코앞으로 다가오니 이제는 두렵기만 해. 더는 그런 것을 생각하지 않으려고 애쓰는데, 네가 누르는 초인종 소리, 층계를 올라오는 너의 발소리를 상상하기만 해도 심장의 고동이 멈춰버리는 듯하고, 가슴이 꽉 막히는 듯싶다. ……무엇보다도 내가 이야기할 것에 대해서 조금도 기대하지 마. ……나의 과거가 거기서 끝장이 나버리는 것 같아. 그 너머 저쪽에는 아무것도 보이지 않아. 나의 삶이 멈춰버린 듯…….

　그로부터 나흘 후에, 즉 제대를 일주일 남겨놓고 나는 지극히 짧은 편지를 다시 한 통 받았다.

제롬, 르아브르에서의 너의 체류와 우리가 처음 만나는 시간을 지나치게 연장하려고 노력하지 않는 것에 나는 전적으로 찬성해. 지금까지 서로 편지에 쓴 것 말고는 또 무슨 할 말이 있겠니? 그러니 학교 등록 때문에 28일까지는 파리에 가야 한다면 조금도 주저하지 말고 가도록 해. 이틀밖에 함께 있지 못한다고 섭섭히 여기지도 말아줘. 우리 앞에는 한평생이 남아 있으니까.

6

우리는 블랑티에 이모네에서 처음으로 만났다. 군복무 때문인지 나는 갑자기 내가 둔해지고 무거워진 듯이 느꼈다. ……그리고 그녀 역시 나의 변화를 느끼고 있는 것을 느낄 수 있었다. 그러나 이러한 거짓된 첫인상이 우리 사이에 무슨 중요성을 가질 수 있으랴? 이제 더는 그녀의 옛 모습을 찾아볼 수 없지나 않을까 하는 두려움 때문에, 처음에는 그녀를 제대로 바라보지도 못했다. ……아니, 사람들이 우리에게 강요하려는 약혼자끼리의 어처구니없는 역할과 둘만을 남겨놓으려고 저마다 서둘러서 우리 앞을 뜨는 것이 오히려 우리를 난감하게 했다.

"하지만 고모, 고모가 우리에겐 조금도 방해되지 않아요. 우린 비밀리에 이야기할 거라곤 아무것도 없어요."

알리사는 이모가 자리를 피하려고 지나치게 수선 피우는 것을 보고 마침내 부르짖었다.

"원 천만에! 그래도 그렇지 않다, 애들아! 난 너희를 아주 잘 알고 있어. 오랫동안 떨어져 있을 때는 서로 이야기할 조그만 일들이 태산같이 많이 있는 법이야……."

"제발 부탁이에요, 고모. 고모가 나가시면 저희는 더욱 쑥스러워져요."

이 말을 할 때의 목소리에는 거의 노기마저 띠고 있어서 알리사의 목소리라고 여기기도 힘들었다.

"이모, 만일 이모님이 나가버리신다면, 저희는 진짜 한마디도 하지 않을 거예요."

나는 웃으면서, 그러나 단둘이 남게 되면 어쩌나 하는 생각에 무엇인지 모르는 두려움에 휩싸여서 말했다.

세 사람은 거짓으로 즐거운 척하는 너절한, 그 내면에는 저마다 불안을 숨기고 있으면서 표면으로는 생기가 나는 듯한, 그러한 이야기를 계속했다. 외삼촌이 점심에 나를 부르셨기 때문에 우리는 다음 날 다시 만나게 되어 있었다. 그 첫날 오후는 그런 희극을 끝내는 것이 오히려 다행스러워 우리는 아무렇지 않게 헤어지고 말았다.

나는 식사 시간 훨씬 전에 찾아갔으나, 알리사는 어떤 여자 친구와 이야기를 하고 있었다. 알리사는 굳이 그 친구를 돌려보내려 하지 않았고, 그 친구도 눈치 있게 돌아가려고는 하지 않았다. 마침내 그 친구가 우리 둘만을 남겨놓았을 때 나는 알리사가 그 친구를 점심에 붙들지 않은 것에 짐짓 놀라는 척까지 했다. 전날 밤잠을 잘 이루지 못해 피곤했던 우리는 둘 다 신경이 날카로워져 있었다. 외삼촌이 들어오셨다. 알리사는 내가 외삼촌도 늙으셨구나 생각하는 것을 눈치챘다. 외삼촌은 귀가 어두워져 말소리를 잘 알아듣지 못했다. 큰 소리로 말해야 했기 때문에 내 이야기는 뒤죽박죽 김빠지게 되지 않을 수가 없었다.

점심 식사 후, 블랑티에 이모는 약속했던 대로 마차로 우리를 데리러 왔다. 이모는 돌아오는 길에 알리사와 나를 그 코스 가운데 가장 좋은 곳을 걸어오게 할 작정으로 오르세까지 태워주었다.

계절에 비해 날은 더웠다. 우리가 걷고 있는 언덕길은 햇살에 드러나 아무런 정취도 없었다. 헐벗은 나무들은 우리에게 그늘을 허락해주지 않았다. 이모가 기다리고 있는 마차로 제시간에 가야 한다는 잔걱정에 사로잡혀, 우리는 무리하게 걸음을 재촉했다. 골이 패는 듯이 죄어진 머리에서 나는 아무런 생각도 짜내지 못했다. 태연한 척하기 위해서인지, 이러한 동작이 말을 대신할 수 있다는 생각에서인지, 나는 알리사가 내맡긴 손을 쥐고 걷고 있었다. 흥분과 빠른 걸음의 숨 가쁨과 그리고 묵묵히 있는 쑥스러움, 그런 것들 때문에 우리의 얼굴에는 피가 몰려 올라왔다. 내 관자놀이가 뛰는 것이 들렸다. 알리사의 얼굴은 보기 흉할 만큼 상기되어 있었다. 곧 우리는 땀에 젖은 손을 잡고 있다는 어색함을 느끼며 잡은 손을 쓸쓸히 놓아버렸다.

너무나 급히 걸었기 때문에 우리에게 이야기할 시간을 주려고 딴길로 돌아서 아주 천천히 몰고 온 이모의 마차보다 훨씬 전에 네거리에 도착했다. 우리는 언덕의 비탈길에 앉았다. 갑자기 불기 시작한 찬바람에 우리는 오싹한 추위를 느꼈다. 우리가 땀에 젖어 있었기 때문이다. 마차를 마중하려고 일어섰다. 그러나 무엇보다도 견딜 수 없었던 것은 이모의 지나친, 극성스러운 염려였다. 실컷 이야기했으리라고만 믿고 있는 이모는, 대뜸 우리의 약혼에 대해서 캐물었다. 참다못해 두 눈에 눈물이 가득 어린 알리사는 두통이 심하다고 핑계를 댔다. 우리는 말없이 집으로 돌아왔다.

다음날 온몸이 뻐근하고 오한까지 나서 너무도 괴로운 가운데 잠이 깨어, 정오가 지난 후에는 뷔콜랭 댁에 가보기로 마음먹었다. 공교롭게도 알리사는 혼자 있지 않았다. 펠리시 이모의 손녀들 중 하나인 마들렌 블랑티에가 와 있었던 것이다. 나는 알리사가 그 애와 곧잘 이야기하기를 좋아한다는 것을 알고 있었다. 그 애는 며칠 동안 제 할머니 댁에 와 있었던 것인데, 내가 들어서자 소리쳤다.

"가실 때 '산기슭'으로 돌아가신다면, 우리도 함께 올라갈 수 있겠군요."

나는 기계적으로 승낙해버렸다. 그렇게 되어 나는 알리사하고 단둘이서 만나지는 못했다. 하지만 그 귀여운 애가 있는 것이 확실히 우리에겐 도움이 되었다. 전날처럼 견디기 힘든 어색함을 겪지 않게 된 것이었다. 우리 세 사람 사이엔 곧 쉽게 이야기가 이루어져서 내가 두려워했던 것처럼 시시하지는 않았다. 내가 알리사에게 작별 인사를 하자, 그녀는 기묘한 미소를 지었다. 다음 날이면 내가 떠난다는 것을 알지 못하고 있는 듯이 보였다. 게다가 곧 다시 만나게 되리라는 생각이 나의 작별 인사가 일으킬 수도 있었을 섭섭함을 거두게 했다.

그런데도 저녁을 마친 다음 알 수 없는 불안에 밀려 나는 다시 시내로 내려가, 뷔콜랭 댁의 초인종을 누르기로 작정할 때까지 근 한 시간이나 헤매며 다녔다. 나에게 문을 열어준 것은 외삼촌이었다. 알리사는 몸이 괴로워서 이미 제 방에 올라가 버렸는데, 아마 잠이 든 모양이었다. 나는 잠시 외삼촌과 이야기를 나누다가 나와버렸다…….

이렇게 빗나가버린 모든 일이 너무도 화나는 것이지만, 이제 와서 탓해본들 부질없는 일일 것이다. 설령 모든 일이 우리를 도와주었다고 하더라도 우리 역시 그런 서먹서먹한 느낌을 꾸며냈을지도 모른다. 그러나 알리사도 마찬가지로 그 서먹서먹함을 느꼈다는 것, 그것이 무엇보다도 나를 슬프게 했다. 이것은 파리에 돌아오자마자 받은 편지다.

제롬, 얼마나 서글픈 재회였는지! 그렇게 된 잘못을 너는 남에게 돌리는 듯이 보였지만, 너 자신도 꼭 그렇다고는 확신하지 못했을 거야. 이제 나는 앞으로도 언제나 그러리라는 생각이 들어. 아! 제발, 다시는 만나지 말자꾸나!

서로 할 이야기가 많음에도, 왜 그런 어색함과 잘못 자리한 듯한 느낌, 그 침묵 같은 것이 엄습했을까? 네가 돌아온 첫날은 그 침묵조차 즐거웠어. 곧 침묵은 사라질 테고, 너는 내게 희한한 이야기들을 들려주리라고 믿었으니까. 그러기 전에는 네가 떠날 수 없다고 생각했어.

그러나 오르세에서 침울한 산책이 침묵 속에서 끝나는 것을 보고, 특히 아무런 희망도 없이 우리의 손이 서로서로의 잡은 손을 놓고 내려뜨려졌을 때, 내 가슴은 비탄과 고통으로 이지러지는 줄 알았어. 무엇보다 서글펐던 것은 네 손이 내 손을 놓아버렸다는 사실이 아니라, 네 손이 그러지 않았다면 필경 내 손이 먼저 그러했으리라고 느껴지는 일이었어.

그 이튿날, 바로 어제였지. 아침 내내 나는 미친 듯이 너를 기다렸어. 집에 가만히 있기가 너무도 뒤숭숭해, 네가 방파제로 오면 나를 만나게 되리라는 말을 남기고 나는 집을 뛰쳐나왔어. 한참이나 파도치는 바다를 바라보며 꼼짝하지 않고 있었는데, 너 없이 나 혼자서 그것을 바라본다는 것이 너무나도 가슴 아팠고, 그러다가 네가 내 방에서 기다리고 있으리라는 생각이 갑자기 떠올라 부랴부랴 집으로 다시 돌아와 버렸어. 오후에는 나 혼자 있지 못하리라는 것을 알고 있었거든. 마들렌이 들르겠다고 전날 말했기 때문이지. 너와는 아침에 만나게 될 것으로 생각하고서 들러도 좋다고 마들렌에게 말했거든. 그러나 이번 만남에서 그 유일하게 즐거운 시간을 가질 수 있었던 것은 아마 마들렌 덕택이라 생각해. 거리낌 없는 이 대화가 이제부터는 오래오래 계속되리라는 야릇한 환각을 잠시 가졌지…… 그러므로 내가 마들렌과 함께 앉아 있던 소파로 네가 다가와서 나를 향해 몸을 굽히면서 "잘 있어"라고 말했을 때 나는 대답을 할 수 없었어. 모든 것이 다 끝나는 듯했거든. 갑자기 네가 떠난다는 걸 깨달았으니까.

네가 마들렌과 함께 나가버리자 그런 일이란 결코 있을 수 없는 일이며, 아무래도 견뎌낼 수 없는 일이라고 여겼어. 내가 다시 뛰쳐나갔다는 것을 너는 알까! 너에게 다시 말을 하고 싶었고, 내가 하지 않았던 모든 이야기를 그때야 비로소 들려주고 싶었던 거야. 벌써 나는 블랑티에 댁으로 달리고 있었어…… 그러나 너무 늦었어. 나에겐 시간도 없었고 감히 용기도…… 실망이 되어 나는 돌아왔어. 편지를 쓰려고…… 나는 더 이상 편지도 하고 싶지 않았어……, 작별의 편지를…… 왜냐하면 우리가 편지를 주고받는 일이란 결국 하나의 커다란 환영에 지나지 않으며, 슬프게도 저마다 자기 자신에게만 편지를 썼다는 것…… 제롬! 우리는 언제나 멀리 떨어져 있었다는 것을 그때야 비로소 너무나도 뚜렷이 느꼈던 거야.

나는 그 편지를 찢어버렸어. 정말이야. 하지만 이제 나는 또다시 쓰고 있어, 처음과 거의 똑같은 편지를. 오! 내가 너를 전보다 덜 사랑하고 있는 건 아니야, 제롬! 오히려 그 반대로, 네가 내게로 가까이 오자마자 느끼는 마음의 혼란과 두려움만 보더라도 내가 얼마나 너를 깊이 사랑하고 있는가를, 이렇듯 사무치게 그리고 필사적으로 느낀 적은 없었어. 절망적으로…… 왜냐하면, 아무래도 고백할 수밖에 없지만, 나는 멀리 떨어져 있을 때 너를 더욱 사랑하기 때문이야. 진작부터 그렇지나 않을까 하고 걱정하고 있었지만, 오오! 그토록 바라던 상봉은 내 추측이 옳았음을 일깨워주고 말았어. 그리고 이것만은 너 역시, 반드시 인정하지 않을 수 없는 일일 것이야.

잘 있어, 그토록 사랑하는 제롬. 하느님이 너를 지켜주시고 인도해주시기를. 인간은 오직 하느님 곁으로만 마음 놓고 가까이 갈 수 있는 거야.

이 편지만으로는 아직도 나를 충분히 고통스럽게 만들지 않았다는 듯이, 다음날 그녀는 여기에다 이러한 추신을 덧붙여 보냈다.

　우리 둘에 관해서 좀 더 신중한 태도를 취하도록 부탁하지 않고는 이 편지를 네게 띄우고 싶지 않아.
　너와 나 사이에서만 간직하고 있어야 할 것을 줄리에트나 아벨에게 들려줘서 네가 내 마음을 쓰라리게 한 적이 몇 번인지 몰라. 바로 이런 점 때문에, 네가 짐작하기 훨씬 전부터 나는 너의 사랑이 무엇보다도 머릿속의 사랑이고, 애정과 신의에 대한 아름답고 지적인 집착에 지나지 않는다는 것을 생각하게 되었어.

　내가 이 편지를 아벨에게 보이지나 않을까 하는 의구심이 이 마지막 몇 줄을 적어 넣게 한 게 틀림없었다. 도대체 그 무슨 의심 많은 통찰력이 그녀를 이토록 조심성 있게 만들었을까? 이제 와서 내 이야기에 아벨의 조언이 다소 반영되어 있다고 별안간 느꼈단 말인가?
　그 후로 나는 나 자신과 아벨 사이에 많은 거리가 있음을 느끼게 됐다. 우리는 서로 다른 두 길을 걷고 있었던 것이다. 그러니 이런 충고는, 내 고뇌의 쓰라린 짐을 나 혼자서 짊어지라는 것이라면 정말이지 아무 소용도 없는 군더더기일 뿐이다.
　그 후 사흘 동안을 나는 오로지 탄식으로만 보냈다. 답장을 쓰고도 싶었다. 그러나 지나친 논쟁이나 격렬한 항변이나 서투른 말이라도 해서 우리의 상처를 고칠 수 없게 건드리지 않을까 두렵기도 했다. 나는 사랑이 몸부림치는 편지를 몇 번이나 고쳐 쓰곤 했다.

마침내 부치기로 결심한 편지의 사본(寫本), 눈물에 씻긴 이 종이는 지금도 눈물 없이는 읽을 수가 없다.

알리사! 나를, 우리 둘을 불쌍히 여겨줘! ……네 편지는 나를 아프게 했어. 네 걱정을 그저 웃어넘길 수만 있다면 얼마나 좋을까! 그래, 네가 써 보낸 모든 것을 나도 느꼈어. 하지만 그런 말을 하기는 두려웠어. 한갓 상상에 지나지 않는 것에 너는 무서운 현실성을 부여하며, 또 그것을 너와 나 사이에서 얼마나 짙게 만들고 있는 것인가!

만약 네가 나를 그전처럼 사랑하지 않는다고 느끼고 있다면……아아! 네 편지 전체가 부인하고 있는 이런 참혹한 가정일랑 집어치우자. 그러고 보면 일시적인 너의 두려움쯤이야 무슨 대수인가! 알리사, 이론을 따지려고 드니 말이 얼어붙는다. 오직 내 가슴의 신음 소리밖에는 아무것도 들리지 않아. 기교를 부리기에는 나는 너무도 너를 사랑하고 있어. 그리고 너를 사랑하면 할수록 점점 더 말이 서툴러져. '머릿속의 사랑'…… 이것에 대해 무어라고 대답하란 말이냐? 내 온 넋으로 너를 사랑하고 있는데, 어떻게 나의 머리와 나의 가슴을 구분해낼 수 있겠니! 그러나 우리의 편지 교환이 너의 가혹한 비난의 원인이 될 바에야, 그리고 또 그러한 편지를 주고받은 까닭에 잔뜩 고조됐던 우리가 뒤이어 찾아온 현실 속에 전락해 이토록 쓰라린 상처를 받을 바에야, 그리고 또 네가 편지를 한다고 하더라도 이젠 다만, 너 자신에게 편지를 하는 것뿐이라고 생각할 바에야, 그리고 이번 편지와 비슷한 또 다른 편지를 견뎌낼 만한 힘이

내게 없을 바에야, 그래 우리 사이의 편지 왕래는 당분간 멈추기로
하자.

이 편지에 이어 나는 그녀의 판단에 항변하면서, 생각을 다시 하
도록 호소했고, 다시 한번 만날 약속을 해달라고 간청했다. 요전번
은 모든 것이 뒤틀린 상봉이었다.

무대 장치며, 단역 배우며, 계절이며, 도무지 어긋난 것뿐이었
고, 열이 올라 있던 편지 왕래마저도 상봉을 앞두고 빈틈없이 우리
를 준비시키지는 못했던 것이다. 다시 우리가 만나기 위해서는 긴
침묵이 앞서야 할 것이다. 돌아오는 봄, 과거의 추억도 나를 변호해
줄 것이고 외삼촌도 무척 반갑게 맞아주실 퐁그즈마르에서, 부활절
방학 동안에 그녀 자신이 좋다고 생각하는 며칠 동안만 만나고 싶
었다.

결심이 아주 확고히 잡혔기 때문에, 편지를 부치고 나서 나는 곧
학업에 열중할 수 있었다.

*

그해 섣달그믐이 가기 전에 나는 알리사를 다시 만나지 않을 수
가 없게 되었다. 몇 달 전부터 건강이 나빠진 미스 애슈브르통이 크
리스마스를 나흘 앞두고 돌아가셨기 때문이다. 제대 후 나는 다시
금 그녀와 함께 살고 있었으며, 그녀 곁을 거의 떠나지 않았기에 그
녀의 임종도 지켜볼 수 있었다.

알리사에게서 온 엽서는 그녀가 나의 이번 슬픔보다도 우리의 침묵의 맹세를 더욱 마음에 간직하고 있다는 사실을 깨닫도록 했다. 외삼촌이 참석하지 못하기 때문에 자기가 대신 장례식에라도 참석하기 위해 잠깐 오겠다는 사연이었다.

장례식에서도, 또 운구를 따라갈 때에도 거의 그녀와 나 둘뿐이었다. 나란히 옆에 서서 걸으면서도 우리는 몇 마디 말만을 겨우 나누었다. 그러나 교회에서 그녀가 내 곁에 앉아 있었을 때에, 나는 몇 번이나 그녀의 눈길이 내 위에 다정히 얹혀오는 것을 느꼈다.

"그럼, 잘 알겠지."

헤어질 순간에 그녀가 말했다.

"부활절 전에는 아무것도……."

"그래 알았어, 하지만 부활절에는……."

"기다리고 있겠어."

우리는 묘지의 어귀에 있었다. 역까지 바래다주겠다고 하는데도 그녀는 마차를 불러세우고는 작별 인사 한마디 없이 나를 남겨두고 떠났다.

7

"알리사가 정원에서 널 기다리고 있어."

4월 그믐께 내가 퐁그즈마르에 도착했을 때, 외삼촌은 아버지처럼 자애롭게 나를 껴안아주신 다음 이렇게 말씀하셨다. 알리사가 선뜻 나를 맞아주지 않는 것이 실망스러웠지만, 곧이어 그녀가 우리가 다시 만나게 된 첫 순간의 범속한 인사치레를 서로 생략할 수 있게 해준 것이 고마웠다.

그녀는 정원 깊숙한 곳에 있었다. 해마다 이 무렵이면 활짝 피는 라일락, 마가목, 금잔화, 베즐리아 등의 꽃덤불로 빽빽이 둘러싸여 있는 둥그런 갈림터 쪽으로 나는 천천히 발을 뗐다. 너무 멀리서부터 그녀의 모습을 보지 않으려고, 아니면 내가 오는 것을 그녀가 보지 못하도록 나는 정원의 다른 쪽으로, 나뭇가지 아래 공기가 서늘한 그늘진 길을 따라갔다. 나는 천천히 걸었다. 하늘은 나의 기쁨과도 같이 따뜻하고 눈부시게 빛나며 미묘하게 맑았다. 필경 그녀는 내가 딴 길로 오기를 기다렸을 것이다. 알리사 가까이, 바로 그녀 등 뒤에까지 갔다. 내가 가까이 다가가는 소리를 그녀는 듣지 못했다. 나는 멈추었다. 그러자 마치 시간마저 나와 더불어 멈추어버린 듯했다. 바로 여기에 그 순간이 있다고 나는 생각했다. 이 순간이야말로 행복 그 자체에 앞서 오고, 그리고 행복 그 자체도 도저히 미칠 수 없는, 아마도 가장 감미로운 순간이라고 생각했다.

나는 그녀 앞에 무릎을 꿇고 싶었다. 한 걸음 다가섰다. 그녀도 그 소리를 들었다. 그녀는 별안간 불쑥 일어섰다. 그녀는 놓고 있던 수(繡)가 땅에 굴러 떨어지는 것도 잊어버린 채 나에게로 팔을 내밀어, 자기의 손을 내 어깨에 얹었다. 얼마 동안을 우리는 그렇게 있었다. 그녀는 팔을 뻗치고 미소 띤 얼굴을 갸웃하고는 말없이 다정히 나를 바라보고만 있었다. 그녀는 온통 하얀 옷을 입고 있었다. 나는 거의 지나칠 정도로 경건한 그녀의 얼굴에서 언제나 변함없이 그 앳된 미소를 다시 보았다.

"이봐, 알리사" 하고 나는 느닷없이 외쳤다.

"방학은 앞으로 열이틀이야. 그렇지만 네가 좋아하지 않는다면 단 하루도 더 머무르진 않을게. 그러니 '내일은 퐁그즈마르를 떠나야 해'란 것을 표시해줄 무슨 신호를 정해두자. 그러면 그다음 날은, 알았지?"

미리 준비한 말이 아니었기 때문에 한결 수월하게 말할 수 있었다. 그녀는 잠시 생각해보더니 대답했다.

"식사하러 내려갈 때 네가 좋아하는 그 자수정 십자가를 내가 달지 않는 저녁……, 알겠어?"

"그게 나의 마지막 저녁이란 말이지?"

"하지만 눈물도 한숨도 없이 넌 떠날 수 있어야 해."

"작별 인사도 없이, 전날 저녁과 똑같이 그 마지막 저녁도 아무렇지 않게 너와 작별할 거야. '아직도 알아차리지 못했나?' 하고 네가 의아해할 정도로 간단하게 말이야. 하지만 그 이튿날 아침 네가 나를 찾을 때, 나는 이미 그 자리에 없을 거야."

"그 이튿날, 나는 너를 찾지 않을 거야."

그녀는 내게 손을 내밀었다. 나는 그 손을 내 입술에 갖다 댔다.

"그러나 이제부터 그 마지막 저녁까지는 아무런 눈치도 줘서는 안 돼" 하고 나는 말했다.

"너도 뒤에 오는 작별에 대해서 아무런 눈치를 보여선 안 돼."

이제는 이 재회의 엄숙한 기분으로 말미암아, 자칫하면 둘 사이에 일어날지도 모르는 서먹서먹함을 깨뜨려야 할 차례였다.

"정말이지 나는" 하고 나는 말을 이었다.

"네 곁에서 지낼 이 며칠간이 우리의 지난날과 똑같았으면 좋겠어…… 말하자면, 우리가 이 며칠을 무슨 특별한 예외라고 느끼지 않았으면 좋겠다는 거야. 그리고…… 처음부터 이야기만 하려고 너무 애를 쓰지도 않았으면 해."

그녀가 웃기 시작했다. 나는 덧붙여 말했다.

"우리가 함께 해볼 만한 일은 없을까?"

우리는 전부터 정원을 손질하는 일에 재미를 붙이곤 했다. 얼마 전에 먼저 있던 사람을 대신해서 별로 경험이 없는 정원사가 들어와, 약 두 달 동안이나 내버려둔 채 있었기 때문에 정원은 손볼 일이 많았다. 장미나무들도 제대로 손질되어 있지 않았다. 성싱하게 자라나는 것들에 시든 가지가 잔뜩 뒤엉켜 있었다. 잔 덧가지들이 다른 가지들을 시들게 만드는 것이었다. 우리가 손질한 장미들은 금방 알아볼 수 있었다. 장미나무들을 돌봐주는 일로 우리는 분주하기도 했거니와, 처음 사흘 동안은 심각한 말을 전혀 하지 않고서도 여러 가지 이야기를 주고받을 수 있었다. 잠자코 있는 때라도 그 침묵이 힘겹게 느껴지지 않았다.

이렇게 우리는 차차 서로 익숙해졌다. 나는 어떠한 설명보다도 이러한 습관에 더 기대를 가지고 있었다. 헤어져 있었다는 기억마저도 이미 지워져가고 있었고 번번이 내가 그녀에게서 느끼던 두려움도, 그녀가 나에게서 두려워하던 마음의 긴장도, 차츰 스러져가고 있었다. 지난가을의 서글픈 방문 때보다도 한층 더 앳된 알리사는 그 어느 때보다도 더욱 아름다워 보였다. 나는 아직도 그녀와 키스해본 적이 없었다. 저녁마다 나는 그녀의 겉저고리의 금빛 고리에 매달려 있는 자수정의 그 조그만 십자가가 반짝이는 것을 보았다. 내 가슴에서는 다시금 희망이 움트고 있었다. 희망? 아니, 그건 이미 확신이었다. 그리고 이 확신은 알리사도 역시 느끼고 있으리라 짐작했다. 이제는 알리사를 의심할 수 없을 만큼, 나 자신을 거의 의심하지 않았기 때문이다. 차츰차츰 대화는 대담해져 갔다.

"알리사."

아름다운 대기가 미소 짓고, 우리의 가슴이 꽃처럼 피어나던 어느 날 아침, 나는 그녀에게 말했다.

"줄리에트도 행복한 이제, 우리도……."

눈길을 그녀 위에 쏟으며 나는 천천히 말했다. 그러나 그녀가 갑자기 너무도 이상스레 창백해지는 바람에 나는 말을 마치지 못했다.

"제롬!"

그녀는 내 쪽으로 시선을 돌리지도 않고서 이야기를 시작했다.

"네 곁에서 나는 이보다 더 행복해질 수 없을 만큼 행복을 느끼고 있어…… 그러나 진정으로 하는 말이지만, 우리는 행복을 위해 태어난 게 아냐."

"그렇다면 인간의 영혼이 행복 외에 뭘 더 바란단 말이니?"

나는 성급하게 소리 질렀다.

그녀는 이렇게 중얼거렸다.

"성스러운 것을……."

그 목소리가 너무 낮았기 때문에 나는 그 말을 들었다기보다는 그러한 말일 거라고 짐작했다.

내 모든 행복은 날개를 펴고, 날 버린 채 하늘로 향했다.

"너 없이 나는 거기에 이르지 못해."

나는 그녀의 무릎에 이마를 파묻은 채 어린애처럼, 그러나 서글픔이라기보다는 사랑에 복받쳐 울음을 터뜨리며 말을 이었다.

"너 없인 못 해, 너 없인 못 해!"

그 일이 있고 난 뒤 그날도 다른 날들처럼 흘러갔다. 그러나 저녁 때 알리사는 조그만 자수정 십자가를 달지 않고서 나타났다. 나는 충실하게 약속을 지켜, 이튿날 동이 트자마자 길을 떠났다.

그다음 날, 나는 다음과 같은 야릇한 편지를 받았다. 그 편지에는 셰익스피어의 시 몇 줄이 인용구로 적혀 있었다.

That strain again, — it had a dying fall:

O, it came o'er my eat like the sweet south,

That breathes upon a bank of violets,

Stealing and giving odour. — Enough; no more,

'Tis not so sweet now as it was before……

(다시금 그 선율을, 그건 꺼질 듯 스러지는 선율이더라.

오, 오랑캐꽃 언덕 위로,

향기를 불어주며 숨을 쉬는

달콤한 남풍처럼 내 귀에 들려왔다. 됐어, 이제는 그만.

그건 아까처럼 달콤하지가 않구나……)

그래! 나도 모르게 아침 내내 너를 찾았어. 제롬, 난 네가 떠났다고 믿을 수가 없었어. 우리의 약속을 지킨 네가 원망스러웠어. 장난이려니 생각했지. 덤불 하나하나마다, 그 뒤에서 혹시 나타나지 않을까 하고 살펴보기도 했지. 하지만 나타나지 않았어! 네가 떠난 건 사실이었어. 고마워.

나는 끊임없이 머릿속에 떠도는, 당장 너에게 알려주고 싶은 몇몇 생각에 사로잡히고, 또 만약 그 생각을 네게 알려주지 않는다면 네게 해주어야 할 일에 소홀했다는 느낌과 마땅히 너의 비난을 받을 만하다고 장차 생각하게 되리라는, 야릇하고도 뚜렷한 두려움에 사로잡혀 나머지 온종일을 보냈어.

퐁그즈마르에 네가 머물러 있던 처음 몇 시간 동안 나는 네 곁에서 느끼는 내 온몸과 마음의 그 야릇한 충족감에 놀랐고, 그다음부터는 그 충족감이 불안스러워졌어. "이 이상 아무것도 더 바랄 것이 없을 정도의 충족감!"이라고 너는 말했지만, 오오! 나를 불안스럽게 하는 것은 바로 그 충족감이야……

내 말이 잘못 이해되지나 않을까 두려워. 가장 강렬한 내 심정의 표현을 하나의 까다로운 이론의 전개(오! 그 얼마나 어설픈 이론인가!)로 생각하지나 않을까, 무엇보다도 그게 두려워.

"충족시켜주지 않는 것이라면 그것은 행복이 아닐 거야"라고 내게 한 말 기억나? 그때 나는 무어라고 대답해야 할지 몰랐어. 그러나 아니야. 제롬, 그건 우리를 충족시켜주지 않아. 제롬, 충족시켜주어서는 안 되는 거야. 더할 나위 없는 환희에 가득 찬 그 충족감, 그것이 진실한 것이라고는 생각할 수 없어. 지난가을 우리는 그러한 충족감 뒤에 어떠한 슬픔이 깃들어 있었는지 깨닫지 않았니?

진실한 행복! 아, 하느님께서 그러한 충족감이 진실한 것이 아니도록 해주실 거야! 우리는 다른 또 하나의 행복을 위해 태어난 거야…… 전에 우리의 편지 왕래가 지난가을의 재회를 망쳐놓았던 것처럼, 이제 네가 여기에 있었다는 추억은 내가 쓰고 있는 이 편지의 기쁨을 빼앗아가 버리는구나. 편지를 쓸 때마다 느꼈던 그 황홀한 기분이 이제는 어떻게 되어버린 것일까? 편지를 주고받고, 서로 만나는 것으로 우리는 우리의 애정이 지향할 수 있는 순수한 기쁨을 온통 고갈시켜버린 거야. 그래서 이제 나도 모르게 《십이야(一二夜)》의 오시노처럼 부르짖는다. '됐어! 이제는 그만! 그건 아까처럼 달콤하지가 않구나'라고.

잘 있어, 내 사랑하는 제롬. Hic incipit amor Dei(주를 사랑함은 여기에서 시작되노라). 아! 내가 널 얼마나 사랑하는지를 너도 알까?

언제까지나 나는 너의 알리사

'미덕'이라는 올가미에 대비해서 나는 아무런 준비도 없었다. 온갖 영웅적인 기분이 나를 현혹하면서 마음을 자꾸 이끌었다. 왜냐하면 나는 그러한 영웅주의를 사랑과 구별하지 않았던 터다…… 알리사의 편지는 가장 용맹스러운 열정으로 나를 도취시켰다. 내가 좀 더 미덕을 쌓으려고 한 것도 오직 알리사만을 위한 것이었다는 사실은 의심할 여지가 없었다. 어떤 길도 그것이 위로 올라가기만 하면 그 길은 알리사가 있는 곳으로 나를 인도해줄 것 같았다. 아! 대지가 제아무리 갑작스레 좁아진다 하더라도, 다만 우리 둘만을 받들기 위해서라면 오히려 넓다고 생각될 것이다. 아! 나는 그녀의 미묘한 가장을 알아차리지 못했으며, 겨우 올라간 봉우리에서 그녀가 다시금 내게서 도망하리라고는 꿈에도 생각지 못했다.

나는 긴 답장을 썼다. 그 가운데에서 다소 통찰력이 있다고 생각되는 한 구절만이 내 기억에 남아 있다.

그녀에게 난 이렇게 썼다.

나의 사랑만이 내가 지니고 있는 것 중에서 가장 훌륭한 거라고 생각해. 나의 모든 미덕도 거기에 달려 있는 것이며, 사랑이야말로 나를 나 이상의 위치로 끌어올려주는 것 같아. 만일 사랑이 없다면, 나는 지극히 평범한 인간이 머무르고 있는 보통의 높이로 다시 전락해버릴 수밖에 없을 거야. 너와 다시 만나게 되리라는 희망이 있으므로, 제아무리 험준한 산길이라도 언제나 내게는 가장 보람 있는 길이라고 생각해.

내가 이 편지에다 무슨 말을 덧붙여놓았기에 그녀는 다음과 같은 회답을 쓰게 된 것일까?

그렇지만 제롬, 성스럽게 된다는 것이란 선택되는 것이 아니라 하나의 의무인 거야(그녀의 편지엔 이 '의무'란 낱말에 밑줄이 셋이나 그어져 있었다). 만약 네가 내가 믿어온 그 사람이라면, 너 역시 이 의무를 피하지는 못할 거야.

이것이 전부였다. 우리의 편지 왕래는 이것으로 끝나고, 아무리 교묘한 충고나 굳건한 의지로도 이제는 어쩔 수가 없다는 것을 나는 이해했다기보다는 오히려 예감했다. 그런데도 나는 거듭 길고 애정이 넘치는 편지를 썼다. 세 번째 편지를 부친 후에야 나는 다음과 같은 편지를 받았다.

나의 벗,

내가 다시는 편지를 쓰지 않겠다는 결심이라도 했다고는 생각지 말아줘. 다만 편지 쓰는 것이 이젠 마음에 내키지 않을 뿐이야. 하지만 네 편지는 아직도 나를 기쁘게 해주고 있어. 이렇게까지 네 생각 속으로 점점 몰두해가는 게 죄스러워.

이젠 여름도 머지않았어. 잠시 동안 편지하는 걸 그만두기로 하고, 9월 하순의 두 주일 동안을 퐁그즈마르에 와서 내 곁에서 보내도록 해. 승낙하겠어? 만일 승낙한다면 회답하지 마. 침묵을 나는 승낙의 표시로 여길게. 그러므로 회답하지 않기를 바란다.

나는 회답하지 않았다. 이 침묵이야말로 그녀가 부과한 최후의 시련이었다. 몇 달 동안의 공부와 몇 주 동안의 여행 후 퐁그즈마르에 다시 갔을 때 내 마음은 아주 조용한 안정감을 지니고 있었다.

이 짤막한 이야기로, 처음에는 나도 잘 이해하지 못했던 것을 어떻게 대뜸 독자들에게 이해시킬 수 있을 것인가? 그때부터 나를 온통 절망 속으로 밀어 넣은 그 비탄의 원인을 여기에 어떻게 적을 수 있을까? 왜냐하면 그녀의 그 더할 나위 없이 억지로 꾸민 가면 밑에서 여전히 사랑이 용솟음치고 있었음을 느끼지 못했던 나 자신에 대해, 오늘날 나는 내 마음속에서 어떠한 용서도 구할 수 없지만, 처음엔 오직 그 꾸민 가면밖에는 보지 못했고, 지난날의 내 애인의 모습을 다시 찾아볼 길 없다고 알리사를 비난하고 말았다. ……아니야, 그때조차도 나는 너를 나무라지 않았어, 알리사! 다만 지난날의 네 모습을 이제는 더 찾아볼 길이 없었기에 절망적으로 울었던 거야. 너의 애정에서 오는 그 침묵의 술책과 가혹한 기교로써 네가 품었던 애정의 힘을 측정할 수 있게 된 지금, 네가 더욱더 가혹하게 나를 슬프게 할수록 나는 너를 더 사랑해야만 될 것인지.

경멸? 무관심? 아니다, 이겨내야 할 것은 아무것도 없다. 내가 맞부딪쳐 싸울 아무런 대상도 없었던 것이다. 그래서 나는 이따금씩 망설였고, 내 불행이란 내가 꾸며낸 것이 아닐까 하고 의심해보았다. 그토록 내 불행의 원인은 미묘한 것이었고, 그토록 알리사는 교묘하게 시치미를 떼고 있었다. 도대체 나는 무엇을 한탄했던 것일까? 그녀가 나를 대하는 태도는 그 어느 때보다도 더 상냥해 보였다. 결코 이보다 더 친절하고 이보다 더 상냥한 적이 없었다. 그래서 첫날의 나는 거의 속아 넘어갔다. ……납작하게 바짝 졸라맨 머리 모양이 표정마저 아주 달라 보일 정도로 얼굴의 생김새를 딱딱하게 했다는 것쯤이야 무슨 상관이 있었으랴? 꺼칠꺼칠하고 보기 흉한 천으로 지은, 음침한 빛깔의 어울리지 않는 윗옷이 우아한 몸매의 곡선을 해치고 있다는 것쯤이 뭐 그리 중대한 일이랴? 이런 것쯤이야 그녀가 결코 고치지 못할 것이 아니지 않나. 바로 내일이라도 제 스스로, 또는 내 부탁이라면 고치리라고 어리석게도 나는 생각했다. 그보다도 우리 사이에서는 좀처럼 그런 예가 없었던 그녀의 상냥스러움과 친절한 보살핌이 더 서글펐다. 나는 거기에서 애정의 충동이라기보다는 오히려 결심을, 그리고 말하기는 두려운 일이지만, 애정보다는 오히려 예의를 발견하지나 않을까 두려웠다.

저녁때 응접실에 들어서면서 나는 언제나 놓여 있던 자리에 피아노가 없는 것을 보고 깜짝 놀랐다. 실망스러운 어조로 묻자 알리사는 아주 태연한 목소리로 말했다.

"피아노는 지금 수선 중이야."

"얘야, 그러게 내 몇 번이고 말하지 않던?"

거의 엄하다고 할 만큼 나무라는 어조로 외삼촌은 말씀하셨다.

"여태껏 쓸 수 있었던 것이니, 고치러 보내는 걸 제롬이 떠날 때까지 기다릴 수도 있었잖니. 네가 서두르는 바람에 우리는 커다란 즐거움을 하나 잃어버렸어."

"하지만, 아버지."

새빨개진 얼굴을 감추느라고 몸을 돌리면서 말했다.

"정말 요즘은 쉰 소리가 너무 나서, 제롬도 무엇 하나 치지 못했을 거예요."

"네가 칠 땐" 외삼촌을 말씀을 이으셨다.

"그렇게 나빠 보이지 않던데그래."

그녀는 얼마 동안 그늘진 쪽으로 몸을 기울인 채 안락의자 덮개의 치수를 재는 데만 정신이 빠진 듯이 아무 말 없이 있다가, 이윽고 훌쩍 방에서 나가더니 한참 만에야 외삼촌이 저녁마다 드시는 탕약을 쟁반에 받쳐 들고 돌아왔다.

그다음 날도 그녀는 그 머리 모양이나 윗옷을 바꾸지 않고 있었다. 그녀는 집 앞 벤치 위 아버지 곁에 앉아서 전날 저녁에도 하던, 바느질이라기보다는 깁는 일에 열중이었다. 자기 곁의 벤치 위거나 테이블 위에, 그녀는 해진 양말짝들이며 짧은 양말짝들이 가득 담

140

긴 커다란 바구니를 놓아두고서 줄곧 일감을 꺼냈다. 며칠 후에는 양말이 냅킨이나 홑이불 등속으로 바뀌었다. 이 일이 그녀를 완전히 골몰케 하는 모양인지 입술은 전혀 표정을 잃어버린 듯했고, 눈은 광채를 찾아볼 수 없을 정도였다.

"알리사!"

첫날 저녁, 거의 알아볼 수 없을 만큼 얼굴에서 시취(詩趣)가 없어진 그녀의 모습에 놀라서 나는 소리쳤다. 얼마 전부터 나는 그녀에게 시선을 고정하고 있었지만, 그녀는 의식하지 못하는 것 같았다.

"왜 그래?"

고개를 들면서 그녀는 말했다.

"내 말이 들리는지 알아보고 싶었어. 네 생각은 내게서 너무도 떨어져 있는 것 같길래."

"아니야, 난 여기 있어. 하지만 이건 주의하지 않고선 깁질 못하니까."

"바느질하는 동안 내가 곁에서 책이라도 읽어주면 좋지 않을까?"

"잘 들을 수 있을 것 같지 않아."

"어쩌자고 그렇게 정성이 드는 일거리만 골라잡지?"

"어차피 누군가 해야 하잖아."

"이런 일로 밥벌이하는 가난한 아낙네들이 허다하잖아. 네가 이따위 보잘것없는 일을 기를 쓰고 하는 게 무슨 절약이나 하자고 그러는 건 아니잖아?"

그녀는 대뜸 어떠한 일도 이보다 더 재미있지 않았을 뿐만 아니라 이미 오래전부터 이런 일밖에 하지 않았고, 필경 다른 일에는 도무지 일손이 잡히지 않게 된 모양이라고 단언했다. ……말을 하면서도 그녀는 줄곧 미소를 띠고 있었다. 그녀의 음성이 이 순간보다도 부드러웠던 적은 결코 없었지만, 그래도 나는 끝없이 서글퍼지기만 했다. 그녀의 얼굴은 마치 "나는 당연한 이야기를 할 뿐인데 너는 왜 그렇게 슬퍼하니?" 하고 말하는 듯했다. 내 마음에서 일어나는 온갖 항의는 입술에까지도 올라오지 못한 채, 목을 메워버렸다.

그 다음다음 날 우리는 장미꽃을 꺾었으며, 그녀는 장미꽃을 그해 들어 내가 아직 들어가보지 못했던 자기 방으로 옮겨달라고 부탁했다. 그 순간 나는 얼마나 희망에 우쭐해졌던가. 왜냐하면 나는 아직도 자신의 서글픔을 내 스스로의 잘못이라고 꾸짖었다. 그녀의 단 한마디에 내 마음의 병은 나아버릴 수 있었다.

그 방에 들어서면서 가슴이 설레지 않은 적은 한 번도 없었다. 무언지 모르게 아늑한 정적이 감돌아 알리사의 모습을 떠오르게 하는 것이었다. 창과 침대 옆 벽에 친 커튼의 푸른 그늘, 반들반들한 마호가니 가구들, 방 안의 정결함과 단출함, 그리고 그 고요함, 이 모든 것이 내 마음에 알리사의 티 없는 순결함과 사색적인 우아함을 이야기해주었다.

그날 아침, 나는 그녀의 침대 옆 벽에 이탈리아에서 내가 가져다준 두 장의 커다란 마사치오의 그림이 안 보이는 바람에 깜짝 놀랐다. 어떻게 된 거냐고 막 물어보려는 참에 내 시선은 바로 그 옆, 그녀가 애독하는 책들을 얹어두는 선반에 가 멈췄다. 이 조그마한 장

서들은 절반은 내가 준 책들이고, 절반은 나와 함께 읽은 것들로서 조금씩 늘려간 것이었다. 그런데 그 책들이 말끔히 치워지고 그저 경멸감으로써만 대해주었으면 좋을 듯싶은 통속적인 신앙심에 대한 너절한 소책자들이 죽 꽂혀 있는 것이 아닌가. 문득 눈을 들어보니 나를 지켜보며 웃고 있는 알리사가 보였다.

"미안해."

그녀는 곧 말했다.

"내가 웃는 건 네 얼굴 때문이야. 내 책장을 살피면서 느닷없이 얼굴이 찌푸려지는 게 어찌……."

나는 농담할 기분이 전혀 아니었다.

"아니, 알리사, 이게 요즈음 읽고 있는 책들이야?"

"그래, 근데 왜 놀라?"

"자양분이 풍부한 양식에 길든 지성이라면, 구토증을 느끼지 않고선 저따위 무미건조한 것들엔 아무런 맛도 느낄 수 없으리라고 생각했어."

"난 네 말을 이해할 수 없구나."

그녀는 말했다.

"이 책의 지은이들은 최선을 다해 자기가 생각하는 바를 표현하고 아무런 꾸밈 없이 나와 함께 이야기해주는 겸허한 영혼들이야. 그리고 이런 이들과 함께 있는 것이 즐거워. 나는 처음부터 알고 있었지만 이 사람들은 결코 미사여구의 함정에 빠지지 않을 거야. 또 이들이 쓴 책을 읽으면서는 하느님을 모독하는 헛된 찬양을 하지 않게 될 거라고."

"그래, 이젠 이런 것들밖엔 안 읽는 거야?"

"그렇다고 할 수 있지. 그래, 몇 달 전부터는, 게다가 책 읽을 시간 도 이젠 별로 없어. 정말은, 아주 최근에도, 그전에 네가 가르쳐주어 감탄한 적이 있는, 그 위대한 작가 중 어떤 이의 책을 다시 읽으려고 해보았지만, 《성서》에 나오는, 제 키를 한 자만 늘려보려고 애쓴 사 나이와 같은 결과만 나왔어."

"그렇게도 괴상망측한 생각을 일으키게 한 그 '위대한 작가'란 누 구를 말하는 거니?"

"그 작가가 그런 생각을 일으키게 한 것은 아니야. 그 작가의 저서 를 읽다 보니 그런 생각이 든 거야…… 파스칼이야. 아마 별로 좋지 못한 구절에 부딪혔던가 봐……."

나는 안타깝다는 몸짓을 했다. 그녀는 간추리지 못한 꽃다발에서 눈을 들지도 않고서 마치 숙제라도 암송하듯 단조롭고 맑은 목소리 로 말하는 것이었다. 한순간 그녀는 내 몸짓에 멈칫 말을 중단하더 니, 이윽고 똑같은 억양으로 계속했다.

"그 같은 호언장담은 정말 사람을 놀라게 해. 그 같은 노력에도 놀 라지 않을 수 없고. 그런데도 그런 것을 증명하는 것은 거의 없잖니. 때때로 나는 파스칼의 그 비장한 어조란 신앙에서라기보다 오히려 회의(懷疑)의 결과가 아닌가 하고 생각하기도 해. 온전한 신앙은 그 토록 숱한 눈물도, 목소리의 떨림도 없는 거야."

"파스칼의 음성이 아름다운 것은 바로 그런 떨림이고 바로 그 눈 물에 있는 거지"라고 반박하려고 했지만 도무지 그럴 용기가 나지 않았다. 왜냐하면 내가 알뜰히 사랑해온 그 어떠한 것도 그녀의 이런 말에서는 찾아볼 수 없었기 때문이다. 나는 지금 기억나는 대로 그 말을 옮기고 있다. 그리고 그 일이 지난 후 생각한 수식이나 논리를 그 말에 갖다 붙이지는 않는다.

"만일 그가 현세(現世)의 생활에서 우선 자기의 즐거움이라는 것을 없애버리지 않았다면" 하고 그녀는 말을 이었다.

"현세의 생활을 저울에 놓고 달아본다면, 아마……."

"그러면?"

나는 그녀의 이상스러운 이야기에 놀라서 물었다.

"파스칼이 제의하는 그 확실치 않은 지복(至福)보다는 현세의 생활이 더 무거울지도 몰라."

"그럼 너는 파스칼이 말하는 그 지복을 믿지 않는 거구나?" 하고 나는 부르짖었다.

"그건 아무래도 좋아!" 하고 그녀는 말을 이었다.

"장사꾼의 거래 같은 온갖 의심을 벗어나기 위해서는 그 지복이 차라리 불확실한 편이 좋겠어. 주로 사모하는 영혼이 덕행에 몸을 바치는 것은 보상에 대한 기대 때문이 아니라, 타고난 고귀함 때문이잖니."

"파스칼과 같은 고귀한 마음의 안식처를 찾은 그 그윽한 회의주의라는 것이 바로 거기에서 나온 거야."

"회의주의가 아니야. 얀센주의*야."

미소 지으면서 그녀는 말했다.

---

* 영혼의 구원은 오직 하느님의 은총을 통해 가능하다는 교의(敎義)

"한데 그런 게 내게 무슨 상관 있니? 여기에 있는 이 가련한 영혼들은" 하고 그녀는 제 책들이 있는 대로 몸을 돌리면서, "자기들이 얀센주의자인지 정적주의자*인지, 그렇잖으면 또 다른 무엇인지 말해보라면 어지간히 난처해할 거야. 이들은 마치 바람에 나부끼는 풀잎처럼 아무런 악의도 아무런 괴로움도 없고, 그리고 또 아름다움도 없이 하느님 앞에 고개 숙이고 있어. 보잘것없는 존재라고 자처하고 오직 주 앞에서 자기의 모습을 지워버려서 어떠한 가치를 얻게 되는 것이라고 알고 있는 거야."

"알리사!" 하고 나는 큰 소리로 불렀다.

"너는 왜 네 날개를 뽑아버리려고 하는 거지?"

그녀의 음성이 너무도 차분하고 자연스러웠기 때문에 나의 부르짖음은 나에게조차도 우스꽝스럽게 과장된 것같이 들렸다.

그녀는 고개를 저으며, 다시금 미소를 지었다.

"이번에 파스칼을 읽고서 내게 남은 거라고는……."

"그래 그게 도대체 뭐야?"

그녀가 말을 멈추었으므로 나는 물었다.

"그리스도의 이 말씀뿐이야. '무릇 자기 목숨을 보존하고자 하는 자는 잃을 것이요'** 그 나머지에 대해서는……."

그녀는 더욱 둥그런 미소를 지으면서, 그리고 나를 똑바로 쳐다

---

* 오직 하느님의 사랑의 품에서 살되, 자기 영혼의 구원 문제까지도 관심을 갖지 말라는 정적주의 신자
** 〈누가복음〉 17장 33절

보면서 말을 이었다.

"이제는 정말 거의 이해가 되지 않아. 이 눈에 띄지 않는 사람들과 어울려서 얼마 동안 지내다가 위대한 사람들의 숭고함을 대하고 보면, 그런 숭고함이 얼마나 빨리 이쪽을 숨 가쁘게 하는지 정말 이상스러울 정도란다."

어리둥절해진 나는 대답할 말을 전혀 찾아내지 못했다.

"만일 오늘이라도 너와 함께 이 모든 설교집이니 수상록 등을 꼭 읽어야 한다면 나는."

"그렇지만" 하고 그녀는 말을 막았다.

"네가 이것들을 읽는 것을 보게 된다면 나는 더 서글퍼질 거야! 넌 이런 것들보다 훨씬 더 나은 것을 위해 태어났다고 나는 믿고 있어."

그녀는 극히 간단한 어조로, 그리고 또 이렇게 우리 두 사람의 삶을 따로 떼어놓는 말이 얼마나 내 가슴을 찢어놓는가는 조금도 염두에 없는 기색으로 이야기했다. 나는 머리가 불붙는 듯했다. 나는 좀 더 말하고 싶었고 울고 싶었다. 아마도 그녀가 내 눈물을 보았다면 굴복했을지도 모른다. 그러나 나는 벽난로 위로 팔꿈치를 짚고, 두 손으로 얼굴을 감싼 채 잠자코 있었다. 그녀는 내 괴로움이 눈에 띄지도 않는지, 보고서도 시치미를 떼는지 조용히 꽃만 매만지고 있었다.

그때 식사를 알리는 첫 종소리가 울렸다.

"어머나, 이러다간 점심 식사에 늦고 말겠네" 하고 그녀가 말했다.

"어서 가줘."

그러고는 무슨 장난에 대한 이야기나 했던 것처럼, "이 이야기는 나중에 다시 하기로 하자" 하고 말했다.

그 이야기는 다시 이어지지 않았다. 알리사는 끊임없이 나를 피했다. 일부러 그러는 것 같지는 않았지만, 다만 우연한 갖가지 일이 훨씬 급박하고도 중요한 용건으로서 불시에 대뜸 면할 길 없이 밀어닥쳤다. 나는 차례를 기다렸다. 그러나 내 차례는 끊임없이 일어나는 집안 살림이라든가, 꼭 하지 않으면 안 되는 곳간 일의 감독이라든가, 소작인들의 가정 방문, 그녀가 점점 더 정성을 기울이는 빈민들의 가정 방문이라든가, 이런 일이 다 끝난 다음에야 가까스로 돌아왔다. 나에게는 그 나머지 시간, 극히 짧은 시간밖에는 돌아오지 않았다. 나는 언제나 분주한 그녀를 그저 바라볼 뿐이었다. 알리사가 얼마나 나를 소홀히 하고 있는가를, 아마 거의 느끼지 않고 있을 수 있었던 것은 어쩌면 이러한 자질구레한 일에 쫓겼기 때문이고, 또 내가 그러한 그녀의 뒤를 쫓아다니는 것을 스스로 단념했기 때문인지도 모른다. 극히 짤막한 대화도 그런 사실을 더욱더 깨우쳤다.

알리사가 잠시 틈을 낸다고 하더라도, 사실상 도무지 어설프기만 한 이야기를 주고받기 위해서였고, 그녀는 그런 이야기조차 마치 어린애 장난이나 하는 것처럼 곁들일 뿐이었다. 그녀는 멍청하게 웃음을 띠면서 내 곁을 재빨리 지나쳐 다녔고, 나는 그녀가 전혀 알지 못했던 사람이라고 생각할 만큼 내게서 멀리 있는 것처럼 느꼈다. 그뿐만 아니라, 간혹 그녀의 미소에서 나는 무언지 모멸과도 같은 것, 적어도 어딘지 비웃음 같은 것이 보이는 듯 느꼈고, 또 그녀는 이렇게 해서 내 욕망을 피하는 데 재미를 느끼고 있는 것처럼 보이기도 했다. 그러면 나는 이런 비난에 빠져들지 않으리라 생각하고, 또 그녀에게서 기대할 수 있는 것이 무엇인지, 그녀를 비난할 수 있는 것이 무엇인지 이미 알 수 없게 되어 모든 불평불만을 스스로에게 돌리곤 했다.

이렇게 해서, 내가 그처럼 행복을 기약했던 날들은 흘러가버렸다. 시간이 달아나버리는 것을 마비된 채 바라볼 뿐 날짜의 수효를 늘려본다거나 시간이 천천히 흐르게 하고 싶지는 않았다. 그만큼 하루하루가 내 고통을 키워갔다. 내가 떠나기 전전날, 알리사가 나를 동반해 폐광이 된 이회암 채굴터에 있는 벤치에 갔을 때는 안개 한 점 없는 지평선에 이르기까지 모든 것이 세세한 부분마저 파르스름하게 드러나 보이고, 흘러가 버린 지난날의 가장 어렴풋한 추억까지 또렷하게 헤아려지는 듯한 맑은 가을 오후였다. 나는 불만을 참을 수가 없어, 오늘의 불행이 어떤 행복의 상복을 입었기에 이처럼 된 것인가를 말했다.

"하지만 내가 어떻게 할 수 있겠니?"

그녀는 대뜸 말했다.

"넌 지금 어떤 환영(幻影)에 대한 사랑에 빠져 있는 거야."

"아니야, 결코 환영에 대해서가 아니야, 알리사."

"상상 속 어떤 인물과……."

"아! 내가 그런 걸 만들어내고 있는 건 아냐. 알리사는 내 애인이
었어. 그녀를 기억하고 있어. 알리사! 알리사! 너는 내가 사랑하던
여자였단 말야. 너는 그때의 너를 어떻게 해버린 거지? 무엇이 돼버
린 거냔 말야?"

그녀는 얼마 동안 아무 대꾸 없이 가만히 있었다. 고개를 숙인 채
한 송이의 꽃잎을 천천히 뜯다가 마침내 입을 열었다.

"제롬, 왜 그전보다 나를 덜 사랑한다고 아주 솔직히 말하지 않는
거니?"

"그건 사실이 아니니까. 사실이 아니기 때문에!"라고 나는 격분
해 소리쳤다.

"내가 이보다 더 널 사랑한 적은 없으니까."

"나를 사랑하고 있다고? 하지만 너는 예전의 나를 그리워하고
있어."

억지로 미소를 지으려고 하면서, 살짝 어깨를 들어 올리면서 그
녀는 말했다.

"나는 내 사랑을 과거에다 놓을 수는 없어."

발밑에서 대지가 무너지고 있었다. 나는 아무것에나 매달리고 싶
었다.

"하지만 사랑은 그 나머지 모든 것과 더불어 흘러가 버리지 않을
수 없는 거야."

"내 사랑은 죽는 날까지 나와 함께 있을 거야."

"그것도 차츰 스러져갈 거야. 제롬이 지금도 사랑한다고 주장하
는 그 알리사는 이미, 이젠 제롬의 추억 속에만 있을 뿐이야. 언젠가

알리사를 사랑한 적이 있었지, 하는 기억밖에 남지 않을 그런 날이 올 거야."

"너는 마치 무언가가 내 가슴속에서 알리사에 대치될 수 있다거나 내 마음이 이젠 더 사랑해서는 안 되게 되었다는 투로 말하는구나. 너 자신이 나를 사랑해왔다는 것은 이젠 더 생각나지도 않니? 그렇지 않고서야 나를 괴롭히는 게 이렇게 기꺼운 듯이 보일 수 있을까?"

나는 그녀의 핏기 없는 입술이 바르르 떨리는 것을 보았다. 거의 알아들을 수 없는 목소리로 그녀는 중얼거렸다.

"아냐 아냐, 알리사의 마음은 변치 않았어."

"아니 그럼, 아무것도 변한 것은 없잖아?" 하고 나는 그녀의 팔을 꼭 잡으며 말했다.

그녀는 더 자신 있게 말을 이었다.

"한마디면 모든 게 다 설명될 거야. 왜 터놓고 말 못하니?"

"무슨 말?"

"내가 나이가 많다는 것."

"그만둬……."

나는 곧장 나 또한 그녀 못지않게 나이를 먹었고, 우리 두 사람의 나이 차는 예전이나 다름없다고 항의했다. 그러자 그녀는 다시 진정되어 있었다. 유일한 기회는 이렇게 해서 지나가버렸다. 나는 말다툼에 말려들어서, 유리했던 점을 완전히 포기해버리고 말았다. 나는 어찌할 바를 몰랐다.

이틀 후에 나는 퐁그즈마르를 떠났다. 그녀와 나 자신에 불만을 품고서, 또 내가 그때까지 '미덕'이라고 부르던 것에 대해 막연한 증오감과 내 마음속에 늘 자리하고 있는 집념에 대해 원한을 품고서. 그 마지막 해후에서, 나는 내 사랑의 과장, 바로 그것 때문에 나는 내 모든 열정을 다 소진해버린 것 같은 느낌이었다. 처음에 내가 반대해보려던 알리사의 말 한마디 한마디가 내 항변이 끝나버린 다음에도 여전히 생생하고 의기양양하게 내 마음속에 머물러 있는 것이었다. 그래, 분명코 그녀가 옳았어! 나는 하나의 환영만을 그리고 있었다. 내가 사랑했던, 지금도 내가 사랑하고 있는 알리사는 이미 존재하지 않는다…… 그래, 분명코 우리는 나이를 먹었다! 내 가슴을 온통 얼어붙게 한 소름 끼치는 그녀의 멋없는 변화도, 결국 따지고 보면 본래의 상태로 돌아간 것에 지나지 않는다. 만일 내가 조금씩 그녀를 한층 더 높이 떠올리고, 내가 좋아하는 모든 것으로 장식해 하나의 우상으로 만들었다고 한들, 그러한 내 수고에서 지금은 피곤 이외의 그 무엇이 남아 있는가? ……혼자 있도록 내버려두자마자 곧 알리사는 자기의 수준, 그 평범한 수준으로 다시 내려와버렸으며, 나 자신도 그 수준에까지 다시 내려와 있었다. 그러나 나는 그 수준에서는 이미 그녀를 더 사랑하고 있지 않았다. 아! 나 혼자만의 노력으로써 그녀를 올려놓았던 그 높은 곳에서, 다시 그녀와 함께 있으려던 그 미덕에 대한 헌신적인 노력도 이제는 얼마나 어리석고 꿈 같은 것으로 생각되는 것인가? 조금만 긍지(矜持)가 덜했던들 우리의 사랑은 힘들지 않았을 것이다…… 그러나 대상을 잃은 사랑에 집착한다는 것은 이제부터는 무엇을 의미하는 것일까? 그것은 고집이 될 것이다. 그것은 이미 충실한 것도 아니다. 구태여 충실하다고 말해본들 무엇에 대한 충실일 것인가? 그것은 하나의 과오에 대한 충실일 따름이다. 가장 현명한 것은 잘못 생각하고 있었다는 것을 자인해버리는 게 아닐까?

그러던 차에 아테네 학원*의 추천을 받고서, 나는 아무런 야망도 흥미도 없이 다만 떠난다는 생각에 무슨 탈출이나 하는 것처럼 기꺼이, 당장에 입학을 승낙했다.

---

* 고대 그리스 문화 연구를 위해 프랑스 정부가 아테네에 세운 학교

8

그런데도 나는 또다시 알리사를 만났다. 그건 3년 후인, 여름이 끝날 무렵이었다. 나는 그 이전에 그녀를 통해 외삼촌이 돌아가셨다는 소식을 전해 들었다. 그때 내가 여행하고 있던 팔레스티나에서 그녀에게 꽤 긴 편지를 보냈지만 아무런 답장도 오지 않았다.

르아브르에 간 내가 어떤 구실을 만들어 어색하지 않게 퐁그즈마르에 갔는지 기억나지 않는다. 알리사를 만나게 될 거라 알고 있었지만, 그녀가 혼자 있지 않으리라는 것이 마음에 걸렸다. 나는 그곳에 간다는 것을 미리 알리지도 않았다. 일상적인 방문처럼 보여야 한다는 생각에 혐오감을 품으면서 나는 불안한 마음으로 걸어갔다. 들어갈까? 아니면, 차라리 만나지 말고, 구태여 만나보려고 애쓰지 말고, 그냥 되돌아서 버릴까? …… 그래, 그렇게 하자. 가로수길이나 산책하자. 어쩌면 그녀가 가끔 와 앉을지도 모르는 그 벤치에

나 앉아볼까. 그러나 벌써 나는 내가 떠나버린 다음에라도 내가 왔다는 것을 그녀가 알아차릴 무슨 표적을 남길 것인가를 궁리하고 있었다…… 이런 생각을 하면서, 느린 걸음으로 걸었다. 그녀를 만나지 않기로 결심하고 나자, 가슴을 조이는 좀 쓸쓸한 슬픔은 거의 달콤한 우울로 바뀌었다. 벌써 나는 가로수길에 이르렀고, 들키지나 않을까 걱정해, 농가 안마당을 경계 짓는 둑을 따라 길 가장자리를 걸어갔다. 나는 정원 안을 내려다볼 수 있는 둑의 한 지점을 알고 있었다. 나는 거기로 올라갔다. 내가 알지 못하는 정원사가 오솔길의 잡초를 긁어모으고 있었으나 이윽고 내 시야에서 벗어났다. 새 울타리가 안마당을 둘러싸고 있었다. 내가 지나가는 발자국 소리를 듣고 개가 짖어댔다. 나무가 늘어선 길 끝에 이르러 정원이 흙담에 마주치자 오른쪽으로 돌았다. 빠져나온 길과 병행하는 너도밤나무숲이 있는 곳으로 가는 도중, 채소밭의 작은 문 앞을 지나는 순간, 그대로 정원에 들어가볼까 하는 생각이 불쑥 나를 사로잡았다.

문은 잠겨 있었다. 그러나 안쪽 빗장이 별로 튼튼하지 않아서 어깨를 대고 한번 밀치자 부러질 듯했다…… 바로 그때 발소리가 들렸다. 나는 흙담의 움푹 파인 곳에 몸을 감추었다. 정원에서 나온 사람이 누구인지는 볼 수도 없었다. 그러나 발소리를 듣고서 알리사라는 것을 느꼈다. 그녀는 앞으로 몇 걸음 나서더니 힘없이 불렀다.

"제롬, 너니?"

맹렬하게 뛰던 나의 심장이 멈췄다. 그리고 목구멍이 조여져 말이 나오지 않았다. 그녀는 더 크게 불렀다.

"제롬! 너지?"

좁은 문   155

나를 부르는 그녀의 음성을 듣자, 온몸을 조이는 감동이 너무도 벅차 나도 모르게 무릎을 꿇어버렸다. 여전히 대답을 못하고 있자, 알리사는 몇 걸음 앞으로 나와 흙담을 돌았다. 그러자 느닷없이 내 몸에, 그녀를 곧장 보는 것이 두려운 듯이 팔로 얼굴을 감춘 나에게, 그녀가 느껴졌다. 그녀는 연약한 자기의 손을 내가 입맞춤으로 뒤덮고 있는 동안 내 쪽으로 몸을 기울이고 얼마 동안 가만히 있었다.

"왜 숨어 있었니?"

3년 동안의 이별이 마치 며칠밖에 되지 않는 것처럼 그녀는 다만 이렇게 말했다.

"나라는 걸 어떻게 알았니?"

"기다리고 있었어."

"날 기다리고 있었다고?"

나는 말했다. 나는 너무도 놀라서 그녀의 말을 의아한 듯이 되풀이할 수밖에 없었다…… 내가 여전히 무릎을 꿇고 있는 것을 보고 그녀는 말했다.

"벤치 있는 데로 가자. 나는 너를 한 번 더 만나게 될 줄 알고 있었어. 사흘 전부터, 매일 저녁 여기에 와서 오늘 밤에 했듯이 너를 불렀어…… 왜 대답하지 않았니?"

"만일 네가 갑자기 나오지 않았더라면 난 너를 만나지 않고 그냥 갔을 거야."

까무러칠 정도로 아찔했던 감동을 억누르며 나는 말했다.

"마침 르아브르를 지나던 길이어서 저 가로수길이나 산책하며 정원 둘레도 빙 돌아보고, 지금도 네가 와서 앉을 듯싶은 이회암 폐광터에 있는 벤치에서 잠시 쉬어볼까 했던 것뿐이야. 그러곤.”

“사흘 전 저녁부터 내가 여기에 와서 무엇을 읽었는지 좀 보렴.”

그녀는 내 말을 끊고 말했다. 그리고 편지 묶음을 내밀었다. 내가
이탈리아에서 써 보냈던 편지들이라는 걸 알아차렸다.

그 순간 나는 그녀에게로 눈을 들었다. 그녀는 엄청나게 변해 있
었다. 그녀의 야윔과 핼쑥함이 가슴을 무섭게 조였다. 내 팔에 기대
고 의지하면서, 마치 추위나 무서움을 타듯 내게 바짝 붙었다. 그녀
는 아직도 정식 상복(喪服) 차림이었고, 그래서 모자 대신 쓰고 있
던 검정 레이스가 그녀의 얼굴을 둘러싸고 있어 창백함을 더욱 두
드러지게 했다. 그녀는 미소 짓고 있었으나 실신할 것처럼 보였다.

나는 요즈음도 퐁그즈마르에 그녀 혼자 있는지 어떤지 알고 싶어
애가 탔다. 로베르가 그녀와 함께 거기서 살고 있다고 했다. 줄리에
트와 에두아르, 그리고 그들의 세 아이들도 그들 곁에서 8월을 지내
려고 왔다고 했다…….

우리는 벤치로 가서 앉았다. 얼마 동안 대화는 진부한 소식을 주
고받는 것으로 질질 끌었다. 그녀는 내 일에 관해 궁금해했다. 내키
지 않는 대로 나는 대답했다. 내 일이 이제 더는 나의 흥미를 끌지 못
하고 있다는 걸 그녀가 느껴줬으면 싶었다. 그녀가 전에 나에게 환
멸을 느끼게 한 것과 마찬가지로, 이번에는 내가 그녀에게 환멸을
주고 싶기도 했다. 생각대로 되었는지는 지금도 모르지만, 아무튼
그녀는 조금도 그런 내색을 보이지 않았다. 나로선 울분과 동시에
애정이 마음에 가득 차 있었기 때문에 될 수 있는 대로 쌀쌀하게 말
하려고 애썼다. 그러나 이따금 복받쳐 올라오는 감동에 말소리가

떨려 나와 자신도 원망스러웠다.

　조금 전부터 한 조각 구름에 가리어 있던 석양이 우리 맞은편 지평선에 닿을락말락 하게 다시 나타났다. 그리고 텅 빈 들판을 떨리는 낙조로 채우고, 우리 발밑에 퍼져 있는 조그마한 협곡을 갑자기 붉은빛으로 메우다가 이윽고 사라지고 말았다. 나는 현혹되어 말없이 앉아 있었다. 나는 내 울분이 발산되어 나가는, 일종의 황금빛 도취 같은 것이 다시금 나를 감싸고 온몸에 스며드는 것을 느꼈다. 내속에서 나는 사랑 말고는 아무것도 듣지 못하고 있었다. 나에게 몸을 굽히어 기대고 있던 알리사는 다시 몸을 일으켰다. 그녀는 윗옷에서 얇은 종이로 싼 아주 섬세한 작은 상자를 꺼내곤, 내게 그것을 내미는 시늉을 하다 그만둬버렸다. 망설이는 듯했다. 나는 놀라서 그녀를 쳐다보았다.
　"제롬, 들어봐. 여기에 들어 있는 건 내 자수정 십자가 목걸이야. 오래전부터 네게 주고 싶어서 사흘 전부터 가지고 다녔어."
　"이걸 어떡하라고?"
　나는 퉁명스럽게 말했다.
　"내 기념으로 네 딸을 위해서 간직해줘."
　"무슨 딸 말이야?"
　나는 무슨 말인지 깨닫지 못하고 알리사를 바라보며 소리쳤다.
　"내가 하는 말을 침착하게 잘 들어줘, 제발. 그렇게 쳐다보지 말고. 벌써부터 네게 말하기가 몹시 고통스러워. 하지만 이젠 꼭 말하고 싶어. 제롬 들어봐, 언젠가는 너도 결혼을 할 게 아니니? ……아냐, 내 말에 대답하진 마. 내 말을 막지 말고, 제발 내가 바라는 건 다만, 내가 너를 몹시 사랑했다는 것을 기억해주었으면 하는 것뿐야. 그래서…… 벌써 오래전부터…… 3년 전부터…… 나는 네가 좋아하던 이 작은 십자가를, 네 딸이 어느 날엔가 날 기념하며 그걸 달리라 생각해왔어. 오! 물론 누구 것인지는 모르고서…… 그리고 어쩌면 그 애에겐…… 내 이름을 붙여줄 수도 있을 거라고…….”

목이 메어 그녀는 말을 멈췄다. 나는 거의 적대시하듯 소리쳤다.

“직접 그 애에게 주지 않는 것은 왜지?”

그녀는 더 말하려 하지 않았다. 그녀의 입술은 흐느끼는 어린애의 입술처럼 떨리고 있었다. 그렇지만 눈물을 흘리지는 않았다. 그녀의 시선의 기이한 반짝임은 그녀의 얼굴을 초인간적이고 천사 같은 아름다움으로 물들이고 있었다.

“알리사! 내가 도대체 누구하고 결혼을 하겠니? 난 너밖에 사랑할 수 없다는 것을 알고 있으면서도…….”

나는 별안간 미친 듯이 거의 난폭하다고 할 만큼 그녀를 내 팔에 끌어안으며 그녀의 입술에 키스를 퍼부었다. 나는 얼마 동안 거의 뒤로 젖혀진 채, 온몸을 내맡기는 듯한 그녀를 꼭 안고 있었다. 그녀의 눈길이 그늘져가는 것이 보였다. 그녀의 눈꺼풀이 차츰 닫히더니, 비길 데 없을 만큼 분명하고도 고운 음성으로 그녀는 말했다.

“우리 둘을 불쌍히 여겨, 제롬! 아! 우리의 사랑을 망가뜨리지 말아줘.”

아마 그녀는 이렇게 말했으리라. “비열한 짓 하지 마!”라고. 아니, 어쩌면 그건 내가 나 자신에게 한 말인지도 모른다. 이제는 생각나지 않는다. 아무튼 갑자기 그녀 앞에 몸을 던져 무릎을 꿇고 그녀를 경건하게 내 팔로 감싸 안았다.

"그렇게 나를 사랑했으면서 언제나 나를 밀쳐냈던 건 왜지? 자들어봐! 처음에 난 줄리에트의 결혼을 기다렸어. 너 역시 그 애의 행복을 기다리는 거라고 생각했어. 그리고 그녀는 지금 행복해. 그건너에게 들은 말이기도 하지. 그다음에는 네가 계속해서 네 아버지 곁에서 살고 싶어 하는 것이라고 오랫동안 믿어왔어. 하지만 이젠우리 둘뿐이야."

"오! 과거를 후회하진 마."

그녀는 중얼거렸다.

"이미 나는 페이지를 넘겨버렸는걸."

"아직도 늦지는 않아, 알리사."

"아니야, 제롬, 이젠 늦었어. 사랑을 통해, 우리가 서로서로를 위해 사랑보다 더 훌륭한 것을 상대편에게 엿보게 된 그날부터 때는 이미 늦었던 거야. 제롬 덕택에 내 꿈은 인간적인 만족이 전락시킬수 없을 만큼 높이 올라갔어. 나는 종종 우리가 서로 같이 생활하는 것이란 어떤 것일까 하고 곰곰이 생각해보았어. 그렇지만 혹시 우리의 사랑이 더 이상 완전치 못하게 되기만 한다면 바로 그 순간부터, 나는 더 지탱해낼 수 없을 것 같았어…… 우리의 사랑을."

"서로가 서로를 상실한 우리의 삶에 대해서 깊이 생각해본 적은 없어?"

"아니 한 번도."

"이제는 너도 알 거야! 3년 전부터 나는 너 없이 고통스럽게 헤매고 다녔어……."

밤이 내리고 있었다.

"추워."

그녀는 몸을 일으키면서 내가 다시 자기의 팔을 붙잡지 못하도록
숄을 바짝 덮으면서 말했다.

"우리를 불안하게 만들고, 혹시 우리가 잘못 이해하고 있는 게 아
닐까 하고 궁금해하던 그《성서》의 구절을 기억하겠지. '하느님께
서는 우리를 위해 더 좋은 것을 예비했은즉, 그들은 그 약속되었던
것을 얻지 못했으니라……."'*

"그 말을 너는 아직도 믿고 있니?"

"그걸 믿어야 해."

우리는 얼마 동안 나란히 걸었다. 더는 아무 말도 하지 않고서. 그
녀가 말을 이었다.

"그걸 생각해보렴, 제롬. 그 '더 좋은 것'을!"

그러곤 그녀의 눈에선 갑자기 눈물이 솟아 나왔다. 그러면서 그
녀는 여전히 되풀이했다.

"그 '더 좋은 것'을!"

그녀가 나오는 것을 보았던 채소밭의 그 작은 문 앞까지 오게 되
었다. 그녀는 나에게로 몸을 돌렸다.

"잘 가!"

그녀는 말했다.

---

* 〈히브리서〉 11장 39~40절

"아니, 이제는 오지 말아줘. 아듀, 나의 사랑하는 벗. '더 좋은 것'
이 시작되는 건 지금부터야……."

한동안 그녀는 나를 바라보았다. 나를 붙잡는 듯, 또 자기로부터
밀어내는 듯 팔을 내밀어 내 어깨에 손을 얹고는 무어라 형언할 수
없는 사랑으로 가득 찬 눈을 하고서…….

문이 닫히고, 문 뒤에서 빗장을 지르는 소리가 들렸다. 참을 수 없
이 복받쳐 오르는 절망에 사로잡혀 나는 그 문에 기댄 채 쓰러졌다.
밤이 깊도록 나는 그 자리에서 눈물을 흘리고 흐느끼면서 움직이지
않았다.

그러나 그녀를 붙들고, 그 문을 억세게 밀어붙이고, 어떻게 해서
든 집 안으로, 하긴 내가 못 들어가도록 잠겨 있지도 않았겠지만, 들
어갔더라면…… 하지만 아니다. 모든 과거를 되살리기 위해 옛날로
되돌아가는 오늘에 와서도 역시…… 아니다. 그런 걸 나로서는 할
수 없다. 현재의 나를 이해하지 못하는 사람은 그때까지의 나를 전
혀 이해하지 못했던 터다.

견딜 수 없는 불안이 내게 며칠 후 줄리에트에게 편지를 쓰도록
만들었다. 그녀에게 나는 퐁그즈마르 방문을 이야기하고, 알리사의
창백함과 여윈 모습이 얼마나 나를 놀라게 했는지를 말했다. 나는
줄리에트가 자기 언니를 돌보아주고, 이제는 알리사 자신에게서는
더 기대할 수 없는 소식을 내게 알려주도록 빌었다.

그 뒤 한 달도 못 되어 나는 다음과 같은 편지를 받았다.

그리운 제롬!

무척 슬픈 소식을 전해야겠어. 우리의 가엾은 알리사는 이제 이곳에 있지 않아…… 슬프게도! 오빠의 편지가 보여주던 근심들은 정말로 근거 있는 것이었어. 몇 달 전부터, 언니는 꼭 어디 아픈 것도 아닌데도 쇠약해져갔어. 그래도 내 간청에 못 이겨 언니는 르아브르에 있는 A 박사의 진찰을 받기로 승낙했지. 그리고 A 박사는 내게 편지로 언니는 아무렇지도 않았다고 했고.

그런데 제롬이 언니를 만난 지 사흘 후에 언니는 갑자기 퐁그즈마르를 떠나버렸어. 언니의 출발을 내가 안 건 로베르의 편지를 통해서였어. 언니가 내게 편지하는 일은 좀처럼 드문 일이기에, 로베르가 아니었더라면 언니의 출분(出奔)에 관해서 나는 아무것도 몰랐을 거야. 언니에게서 소식이 없다고 해서 이상하게 여기지는 않았을 테니까. 로베르에게는 그처럼 떠나게 내버려둔 것과 파리까지 동반하지 않은 것에 대해 몹시 나무랐어. 글쎄, 떠나버린 때부터는 언니의 주소도 모르고 있다는 게 믿기지 않을 거야. 언니를 만날 수도 없고 편지조차도 할 수 없게 되어 얼마나 내가 애태우고 있는지 짐작할 수 있겠지.

며칠 후에 로베르가 파리에 갔지만 아무것도 알아내지 못했어. 그앤 어쩌나 꾸무럭거리는지 그 애의 열성을 의심할 지경이었어. 경찰에 신고하지 않을 수 없었어. 우리는 그렇게 고통스러운 불안 속에 가만히 앉아 있을 수가 없었던 거야. 에두아르가 출발해서야 드디어 알리사가 피신해 있던 조그만 요양원을 찾아냈어.

하지만 슬프게도! 너무 늦었어. 나는 언니의 사망 통지서와 함께 언니의 임종조차도 지켜보지 못했다는 에두아르의 전보를 동시에 받았어. 마지막 날, 언니는 우리가 통지를 받을 수 있도록 우리 주소를 한 장의 봉투에다 적어놓았고, 다른 한 장의 봉투에는 르아브르의 우리 공증인에게 유언을 적어 부쳤던 편지의 사본을 넣어두었던 거야. 그 편지의 한 구절은 오빠에 관한 것이라고 생각해. 곧 그걸 알려줄게.

에두아르와 로베르는 그저께 치렀던 장례식에 참석할 수 있었어. 운구를 따라간 사람은 그들만이 아니었대. 요양원의 환자 몇 사람이 꼭 장례식에 참석하고 묘지까지 운구를 따라가겠다고 나섰대. 나는 다섯 번째 아이의 해산을 오늘내일하고 기다리고 있는 참이라 섭섭하게도 자리를 뜰 수가 없었어.

그리운 제롬, 나는 이 슬픔이 일으킬 오빠의 끝없는 애통과 비탄을 잘 알아. 나는 찢어지는 듯한 가슴으로 이 편지를 쓰고 있어. 나는 이틀 전부터는 자리에서 일어나지도 못하게 되어 지금 이 편지도 간신히 쓰고 있어. 그러나 나 아닌 다른 사람에게, 에두아르나 로베르에게일지라도 필경 우리 두 사람만이 이해할 수 있었던 알리사에 관한 이야기를 맡기고 싶지는 않았어. 이처럼 나도 다 늙은 가정주부가 되어버린 지금, 그리고 쌓이고 쌓인 잿더미가 불타오르던 과거를 뒤덮어버린 지금은 오빠를 다시 만나고 싶어 해도 괜찮겠지. 언제라도 놀러 오거나 볼일이 있어 님므에 오게 되면 에그비이브까지 와줘. 에두아르도 제롬을 알게 되는 것이 기쁠 것이고, 두 사람 다 알리사에 관한 이야기를 할 수도 있을 거야. 아듀, 그리운 제롬. 무척 서글픈 마음으로 키스를 보내며.

며칠 후 나는 알리사가 퐁그즈마르의 집을 로베르에게 남겨주었으나, 제 방에 있던 모든 물건과 특별히 지시한 몇 가지 가구만은 줄리에트에게 보내도록 부탁했다는 것을 알게 되었다. 내 이름이 적힌 봉함 서류는 곧 받기로 되어 있었다. 그리고, 내가 마지막 방문 때 거절했던 그 작은 자수정 십자가를 자기 목에 달아달라고 부탁했다는 것을 알았다. 그 부탁이 이루어졌다는 것은 에두아르를 통해 들었다.

　공증인이 내게 전송해준 봉함 봉투에는 알리사의 일기가 들어 있었다. 그 일기의 상당한 페이지를 여기에 옮겨보겠다. 아무런 설명도 붙이지 않고 그대로 옮기겠다. 이 일기를 읽을 때의 내가 한 생각들과, 내가 말해본댔자 극히 불충분하게밖에 드러낼 수 없는 내 마음의 혼란에 대해서는 여러분이 충분히 짐작할 수 있을 것이다.

알리사의 일기

에그비이브에서

그저께 르아브르 출발, 어제, 님므 도착. 나의 첫 여행! 살림살이나 부엌일에 대한 아무런 걱정도 없이 계속되는 나태 속에서, 1887년 5월 23일, 내가 스물다섯 살 되는 생일에, 나는 일기를 쓰기 시작한다. 무슨 큰 즐거움은 없지만 그저 벗 삼아.

아마 내 생애에서 처음으로 홀로 있다는 느낌이 가슴에 밀려온다. 낯선, 거의 이방이라고 할 수 있는 그리고 아직껏 아무런 인연도 맺지 못했던 고장에서 이 땅이 나에게 들려줄 것도 필경 노르망디 지방이 들려주었던 것이나, 내가 퐁그즈마르에서 줄기차게 들었던 것과 별로 다를 게 없다. 왜냐하면 하느님은 어디서나 변함이 없으시니까. 그렇지만 이 땅, 이 남녘 땅은 말하고 있다. 내가 아직 배우지도 못하고 놀라움으로 듣고 있는 언어들로.

166

5월 24일

줄리에트는 내 곁, 긴 의자 위에서 졸고 있다. 정원에 이어지는 모래 깔린 안뜰과 엇비슷한 높이이고, 또 이탈리아풍으로 지은 이 집의 매력을 이루는 활짝 트인 갤러리 안에서…… 줄리에트는 그 긴 의자에서 벗어나지 않고서도, 저 너머 잡색의 집오리 떼가 뛰놀고 두 마리 백조가 헤엄치고 있는 연못에 이르기까지 이랑져 펼쳐져 있는 잔디밭을 볼 수가 있다. 어떠한 여름에도 마르는 일이 없다는 시냇물이 이 연못에 물을 대주고, 점점 더 야생의 덤불로 변해가는 정원을 가로질러 흐르고, 메마른 벌판과 포도밭 사이에 끼여 점점 좁혀지다가 이내 완전히 잘리고 만다.

……에두아르 테시에르는 어제 내가 줄리에트 곁에 남아 있는 동안 아버지에게 정원, 농장, 지하실, 포도밭 등을 구경시켜드렸다. 그래서 나는 이른 아침에, 혼자서 공원 안을 이것저것 살피며 산책할 수 있었다. 알 수 없는 많은 초목들, 그 이름들을 가르쳐달라고 하기 위해 그것들의 잔가지 하나씩을 꺾었다. 제롬이 빌라 보르게세*라 든가, 도리아 팜필리**에서 눈여겨보았다던 푸른 떡갈나무가 그 가운데 끼여 있는 것을 알아냈다…… 우리가 사는 북프랑스의 나무들과는 거의 같은 종류에 속하지만 모양은 전혀 다르다. 그 떡갈나무들은 정원이 거의 끝나는 곳에서 좁다랗고 신비로운 빈 터를 둘러싸고 있었다. 그리고 밟은 발의 감촉도 폭신폭신한 잔디밭 위에

---

* 로마에 있는 박물관의 하나. 아름다운 정원으로 유명하다.
** 제노바에 있는 자연과학 박물관

늘어져 요정들의 합창을 권유하고 있었다. 퐁그즈마르에 있을 때
는 그처럼 깊이 기독교적이던 나의 자연관이 이곳에 오자, 나도 모
르게 얼마간 신화적으로 변해가는 것이 놀랍고 거의 두려울 지경
이다. 그러나 점점 더 나를 억누르는 그 두려움 비슷한 느낌도 역시
종교적인 것이었다. 나는 'hic nemus(여기에 있는 것은 성스러운 숲이
니)'라고 중얼거렸다. 공기가 수정같이 맑았다. 이상한 침묵이 깃들
고 있었다. 나는 오르페*라든가 아르미드**에 대한 생각을 하고 있었
다. 바로 그때, 별안간 하나의 새소리가 들려왔다. 너무도 내 가까이
에서, 너무도 감동적이고 맑아서 모든 자연이 그 소리를 기다리고
있었다는 느낌이 불쑥 떠올랐다. 가슴이 몹시 세차게 두근거렸다.
한동안 나무에 기대어 있다가 아무도 일어나기 전에 집으로 돌아
왔다.

5월 26일

여전히 제롬에게서는 편지가 없다. 르아브르로 편지를 보냈다 하
더라도 나에게로 전송되었을 터인데…… 내 불안을 오직 이 노트에
털어놓을 수 있을 따름. 어제 보오까지의 소풍도, 기도도, 사흘 전부
터는 잠시도 내 기분을 돌이키지 못했다. 오늘은 여기에 다른 무엇
도 쓸 수가 없다. 에그비이브에 도착한 이래로 나를 괴롭히는 야릇
한 우울도 필경은 아무 까닭도 없는 것 같다. 그런데도 이 우울이 너

---

* 　오르페우스. 그리스 신화에 나오는 음악가이자 시인
** 　토르콰토 타소의《해방된 예루살렘》중에 나오는 마력을 가진 여성

무나 마음속 깊은 곳에서 느껴지는 것이기 때문에 오래전부터 그곳에 뿌리박고 있었다는 생각이 든다. 또 나 자신을 자랑스럽게 여기던 기쁨이라는 것도 사실은 이 우울감을 감싸고 있던 것에 지나지 않았던 것 같다.

5월 27일

무엇 때문에 나 자신을 속이려는 것일까? 내가 줄리에트의 행복을 기뻐하고 있는 것은 다만 이론적인 것이다. 이 행복, 내 행복까지 희생하면서 그렇게 주고자 바라던 그 행복이 아무런 고통도 없이 주어지는 것을 보고서 나는 괴로워하고 있다. 얼마나 복잡한 얽힘인가! 그래…… 줄리에트가 제 행복을 내 희생 밖의 딴 데서 찾아냈다는 것과 그녀가 행복해지기 위해서는 구태여 나의 희생이 필요하지 않았다는 것에 대해, 내 마음속에 되돌아온 무서운 이기주의가 분개하고 있다는 것을 잘 알아볼 수 있다.

그리고 제롬의 침묵이 내게 어떠한 불안감을 야기하는지를 느낌에 따라, '나는 그러한 희생이 정말로 내 마음속에서 이루어졌던 것일까?'를 생각하게 된다. 하느님께서 이제는 그러한 희생을 내게서 요구하지 않으신다고 생각하니 모욕을 당한 것 같은 느낌이 든다. 정말 내게는 그러한 희생을 할 능력이 없었던 것일까?

5월 28일

나의 슬픔을 이렇게 분석한다는 게 얼마나 위험한 짓인지 벌써 나는 이 노트에 매달리고 있다. 극복했다고 믿고 있던 교태(嬌態)가 여기서 또다시 자기의 권리를 주장하는 것일까? 아니다. 이 일기는 그 앞에서 내 영혼이 단장을 하는, 그런 아침의 거울이어서는 안 된다! 처음에 내가 생각했듯이, 내가 일기를 쓰는 것은 무위(無爲) 때문이 아니라 슬픔 때문이다. 슬픔은 '죄악의 상태'다. 그리고 내가 잊어버리고 있던 것이며 지금 내가 증오하고, 그것으로부터 내 영혼을 '단순하게' 하고자 원하는 것이다. 이 일기는 내 마음속에 그 행복을 다시 찾아내도록 나를 도와주어야 한다.

비애란 하나의 착잡함. 결코 나는 나의 행복을 분석하고자 한 적은 없다.

퐁그즈마르에서도 나는 역시 나 혼자였다. 지금보다도 더 혼자였다…… 그런데 왜 나는 그걸 느끼지 못했을까? 그래서 제롬이 이탈리아에서 편지했을 때도 나는 그가 나 없이도 보고, 나 없이도 살아나가는 것을 말없이 받아들였고, 생각으로나마 그를 따라다녔고, 그의 기쁨을 내 것으로 했다. 그러나 지금은 나도 모르게 나는 그를 부르고 있다. 제롬 없이 내가 보는 모든 새로운 것이 나를 괴롭히고 있다…….

6월 10일

시작한 지 얼마 안 되어 이 일기는 오랫동안 중단되었다. 귀여운 리즈의 탄생. 줄리에트 곁에서 지새운 긴 밤들, 제롬에게 편지로 쓸 수 있는 모든 것도, 여기에다는 쓸 마음이 내키지 않는다. 허다한 여성들에게 흔한 그 견딜 수 없는 결점인 수다를 나는 삼가고 싶다. 이 노트를 자기 완성의 도구로 생각할 것.

(독서 도중에 필기해둔 것과 베껴둔 구절 등등으로 몇 페이지가 계속되었다. ……그러곤 다시 퐁그즈마르에서 적은 것이었다.)

7월 16일

줄리에트는 행복하다. 자기도 그렇게 말하고 또 그렇게 보인다. 나는 그걸 의심할 권리도, 이유도 없다…… 그런데, 지금 그녀 곁에서 느끼는 이 불만과 불안한 감정은 어디에서 오는 것일까? 아마도 더할 나위 없는 이 행복이 너무나 실제적이고, 너무 쉽게 얻어진 것이어서, 또 너무나 '자로 잰 듯' 완벽한 것이어서, 그 행복이 영혼을 조이고 질식하게 하는 것처럼 보이는 것인가.

그래서 나는 지금, 내가 바라고 있는 건 분명 행복이라기보다는 오히려 행복으로 가는 도정(道程)이 아닌가 생각해본다. 오, 주여…… 제가 너무 빨리 다다를 수 있는 행복으로부터 저를 멀리해주소서…… 저의 행복을 제가 '당신' 곁에 갈 때까지 연기하고 멀리할 수 있는 길을 가르쳐주시옵소서!

(그 뒤론 숱한 페이지가 찢겨 있었다. 분명 그 페이지들은 르아브르에서의 우리의 고통스럽던 상봉을 이야기하는 것이었을 게다. 일기는 다음해에 가서야 다시 계속되었다. 날짜 없는 페이지들이 있었지만, 그건 분명 내가 퐁그즈마르에 머무를 때에 쓰여진 것이리라.)

때때로 그의 이야기를 들으면서 생각하고 있는 내 모습을 내가 보고 있다는 느낌이 든다. 그는 나를 설명하고, 나 자신에게 나를 발견하게 한다. 그이 없이 내가 존재할 수 있을 것인지, 오직 나는 그와 함께 있는 것이다…….

때때로 그에 대해 내가 느끼는 바가 정말로 남들이 사랑이라고 부르는 그것인가 하고 망설여본다. 남들이 보통 사랑에 대해 그려내는 것은 내가 그려내고 싶은 것과는 그토록 다르다. 나는 사랑에 대해 아무런 말도 없고, 내가 그를 사랑하고 있다는 것도 알지 못하고 그를 사랑하고 싶다. 무엇보다도 그가 모르게 그를 사랑하고 싶다.

그이 없이 내가 살아가야 할 것들 가운데서 어느 것도 나에게 기쁨이 되지는 못한다. 나의 모든 미덕도 오직 그의 마음에 들기 위해서이다. 그런데도 나는 그의 곁에서는 나의 미덕이 스러져가는 것을 느낀다.

나는 피아노 연습을 좋아했다. 왜냐하면 날마다 조금씩 진보가 있는 것처럼 보였기 때문이다. 이것은 동시에 내가 외국어 책을 읽을 때 맛보는 즐거움을 설명해주는 것이기도 하다. 물론 우리 말보다도 어떤 외국어를 더 좋아한다거나 내가 탄복하는 몇몇 우리 나라 작가들이 어떤 면에서는 외국 작가들에 비해 손색이 있다고 생각하는 것은 결코 아니다. 그러나 의미와 감정을 추구하다 보면 느끼게 되는 약간의 곤란, 그리고 그 곤란을 극복할 뿐만 아니라 차츰차츰 더 낫게 극복할 수 있게 될 때에 자기도 모르게 느끼는 자만심은, 무언지 모르는 영혼의 승낙 비슷한 기쁨을 정신의 쾌락에다 덧붙여준다. 그리고 그러한 영혼의 승낙 없이는 아무것도 못할 것만 같다.

아무리 행복하더라도 진보가 없는 상태를 나는 바랄 수 없다. 성스러운 기쁨이란 것도 하느님 안에서의 융합이 아니고, 무한하고 계속되는 접근인 것처럼 나는 생각된다. ……그래서 언어의 유희를 두려워하지 않는다면, '진보'하지 않는 기쁨 따위를 나는 경멸한다고 말할 수 있다.

오늘 아침, 우리는 둘이서 그 가로수길의 벤치에 앉아 있었다. 우리는 아무것도 말하지 않았고, 또 무슨 말을 할 필요도 느끼지 않고 있었다…… 갑자기 그는 내게 내세(來世)를 믿느냐고 물었다.

"그럼, 제롬."

나는 선뜻 큰 소리로 말했다.

"그건 내게 희망 이상이야. 그건 확신이지……."

그런데 문득 나의 신앙심은 그 외침 속에서 공허한 것처럼 느껴지는 것이었다.

"알고 싶은 건" 하고 그는 덧붙였다…… 얼마 동안 말을 끊고 있다가 다시 이었다.

"만약 너에게 그 신앙심이 없다면, 너는 지금과 다르게 행동할까?"

"그걸 내가 어떻게 알겠니?"

그리고 나는 덧붙여 말하기를, "하지만 너 역시도, 너 자신의 생각이야 어떻든, 더없이 열렬한 신앙심이 부어진 이제는 달리 행동할 수도 없을 거야. 그리고 달라진다면 나는 너를 사랑하지 않게 될 거야"라고 했다.

아냐, 제롬, 아냐. 우리의 미덕이 애를 쓰는 것은 미래의 보상에 대해서가 아냐. 우리의 사랑이 구하는 건 보상이 아냐. 자기의 고통에 대한 보상이라는 생각은 착하게 태어난 영혼에게는 상처를 입히는 거야. 덕이라는 것도 그런 영혼을 장식하는 패물은 아니야. 아냐, 덕이란 그런 영혼의 아름다움이 지니는 형태 바로 그거야.

아버지가 또다시 좀 좋지 않으시다. 대단치 않기를 바라지만, 사흘 전부터 다시 우유만 드시지 않을 수 없게 되었다.

어젯밤 제롬이 막 제 방으로 올라간 다음, 밤이 깊도록 나와 함께 앉아 계시던 아버지가 잠깐 나만을 남겨두고 방을 나가셨다. 나는 긴 의자에 앉아 있었다. 아니, 내겐 좀처럼 없는 일인데 드러누워 있었다. 나는 왜 그랬는지 모른다. 등갓이 불빛으로부터 내 눈과 상체를 가려주고 있었다. 나는 무의식적으로 내 발끝을 보고 있었다. 발끝은 옷자락 밑으로 나와 있었고, 한 줄기 램프의 불빛이 거기에 걸려 있었다. 아버지는 들어오시더니 잠시 동안 문 앞에 서서 미소짓는 듯, 서글픈 듯한 이상한 태도로 나를 지켜보고 계셨다. 어쩐지 부끄러워져서 나는 일어났다.

"내 옆에 와 앉거라."

아버지는 손짓을 하며 말씀하셨다. 이미 밤이 깊었는데 어머니에 관해 말씀하셨다. 그분들이 헤어진 후로는 한 번도 없던 일이다. 어떤 경로를 거쳐 어머니와 결혼하게 되었고, 얼마나 어머니를 사랑했으며, 그리고 처음에는 어머니가 어떻게 마음을 쓰셨던가 하는 이야기를 들려주셨다.

"아버지, 왜 오늘 밤에 이런 이야기를 하시는 거예요? 왜 하필 이 밤에 이런 이야기를 하시게 됐는지······."

"그게 말이다, 응접실에 들어오면서 긴 의자 위에 누워 있는 너를 보자, 한순간 네 어머니를 보는 듯싶었다."

내가 그때 그처럼 캐물은 것은 바로 그날 저녁······ 제롬이 내 의자에 기대어 서서 내 어깨 너머로 몸을 굽혀 책을 읽었던 일이 생각났기 때문이었다. 나는 그를 볼 수는 없었지만 그의 숨소리를 느낄 수 있었고, 그는 내 몸의 체온과 떨림 같은 것을 느끼고 있었다. 나는 계속해서 책을 읽는 체했지만, 이미 아무것도 머리에 들어오지는 않았다. 더 이상 글줄을 가려 볼 수도 없었다. 너무도 야릇한 마음의 동요가 나를 사로잡아서, 아직은 일어날 힘이 있는 동안에 일어나자 하고 얼른 의자에서 일어나지 않을 수 없었다. 다행히도 그가 눈치를 채지 않도록 잠시 방에서 나와 있을 수 있었다······ 그러나 얼마 후, 아무도 없는 응접실의 긴 의자 위, 아버지가 나를 어머니와 비슷하게 보셨던 그 긴 의자 위에 드러누워 있던 바로 그때, 나는 정말 어머니에 대한 생각을 더듬고 있었다.

하나의 회한(悔恨)처럼 마음속에 솟구치는 지난날의 추억에 사로잡혀 불안하고 짓눌려 비참해진 나는, 그날 밤 잠을 설치고 말았다. 주여, 악의 형상을 띤 모든 것에 대한 공포를 제게 가르쳐주옵소서.

가엾은 제롬! 그렇지만 때로 그가 오직 하나의 어떤 몸짓을 하기만 하면 되리라는 것, 또 그 몸짓을 때때로 내가 기다리고 있다는 것을 그가 알기만 한대도…….

내가 어렸을 때, 이미 나는 제롬 때문에 아름답기를 바랐다. 지금 생각해보면, 내가 '완덕(完德)으로 향했던' 것은 오로지 그를 위해서만이었다. 그런데 이 완덕은 오로지 그가 없어야만 이루어질 수 있다는 것, 이것은 오, 나의 주여! 당신의 모든 가르침 중에서도 가장 저를 당황케 하는 것이옵니다.

덕과 사랑이 한데 어울릴 수 있는 영혼을 지닐 수 있다면 그것은 얼마나 행복한 일일까! 나는 때때로 사랑한다는 것, 할 수 있는 한 사랑한다는 것, 끊임없이 더욱 사랑한다는 것 말고 또 다른 덕이 있을까를 의심해본다. 그러나 또 어떤 날은, 오! 미덕이란 다만 사랑에 대한 항거에 지나지 않는 것처럼 보이기도 한다. 이럴 수가 있을까! 내 마음의 가장 자연스러운 '기울어짐'을 감히 사랑이라고 부를 수 있을까! 오! 매혹스러운 궤변이여! 허울 좋은 권유! 행복의 짓궂은 신기루여!

오늘 아침 라 브뤼에르의 저서 속에서 다음과 같은 구절을 읽다.
"인생 항로에는 때로 금지되어 있지만 허용되었으면 하고 바라는 것이 당연할 만큼 귀중한 쾌락과 너무도 흐뭇한 약속이 있다. 이렇듯 큰 매력은 그것을 미덕의 힘으로 단념할 줄 아는 매력을 통해서밖에는 극복될 수 없다."

그런데 나는 왜 여기서 변명을 찾아냈던 것일까? 사랑의 매력보다도 더 흐뭇하고, 또 더욱 강렬한 매력이 은근히 내 마음을 끌고 있기 때문인지? 오! 사랑의 힘으로 우리 두 영혼을 한꺼번에 사랑 저

176

너머로 이끌어갈 수만 있다면!

슬프게도! 나는 이제 너무나 그것을 잘 깨닫고 있다, 하느님과 제롬 사이에는 나 이외에 아무런 장애물도 없다는 것을. 아마도 그가 말하는 것처럼 나에 대한 그의 사랑이 처음에는 그를 하느님께로 기울어지게 했다 하더라도, 이제는 바로 그 사랑이 그를 가로막고 있다. 그는 나에게서 지체하고, 나를 더 좋아하고 있다. 나는 그가 미덕 속으로 더 나아가지 못하도록 그를 붙들고 있는 우상이 되어버렸다. 우리 둘 중의 한 사람만이라도 거기에 도달하도록 되어야 한다. 비루한 제 마음속에서는 제 사랑을 억누르는 것에 절망하고 있기 때문에, 하느님이시여, 이제는 저를 사랑하지 않도록 그에게 가르쳐줄 수 있는 힘을 허락해주옵소서. 그러하오면 저의 공덕에 비해 더 무한히 훌륭한 그의 미덕을 저는 당신께 바칠 것이오니…… 그리고 오늘 그를 잃고서 저의 영혼이 흐느껴 울더라도 그것은 장차 당신 안에서 그를 다시 찾으려 함이 아니옵니까?

아, 오 주여, 말씀해주옵소서! 그 어떤 영혼인들 그의 영혼보다 더 당신에게 값한 적이 있사옵니까? 저를 사랑하기 위해서보다는 더 훌륭한 일을 위해서 태어난 그가 아니옵니까? 그러하므로 그가 저 때문에 걸음을 멈추게 된다면 저는 그만큼 더 그를 사랑하게 될 것이옵니까? 장하다 할 수 있을 그 모든 것도 행복 안에서는 얼마나 위축되어버리는 것이온지요!

일요일

"하느님이 우리를 위해 더 좋은 것을 예비하신, 즉."

5월 3일 월요일

행복이 여기, 아주 가까이에 내밀어져 있으니…… 손만 뻗치면 잡을 수 있도록…….

오늘 아침 그와 이야기하면서, 나는 희생을 다할 수 있었다.

월요일 저녁

그는 내일 떠난다…….

사랑하는 제롬! 나는 끝없는 애정으로 여전히 너를 사랑하고 있다. 하지만 이제부터는 네게 그런 말을 하지 못할 것이다. 내가 내 눈, 내 입, 내 영혼에 부과하는 구속이 너무도 힘들기에, 너와 헤어진다는 것도 내게는 해방이며 또 쓰디쓴 만족이 된다.

이성을 갖고 행동하고자 애쓰나 행동의 순간이면 나를 움직이게 하던 이성이 나를 저버리거나 아니면 어리석게 본다. 이미 나는 그것을 믿지 않게 된다…….

내가 그를 피하는 이유는 이성 때문일까? 그런 걸 나는 이제 믿지 않으니…… 그런데도 나는 그를 피하고 있다. 왜 그를 기피하는지 까닭도 알지 못한 채.

주여! 제롬과 제가, 서로 함께, 서로 의지하며 당신 앞으로 나아가도록 해주옵소서. 한 사람이 다른 사람에게 '형제여, 피곤하면 내게 기대렴' 하면, 상대방은 '너를 내 곁에서 느끼는 것만으로도 충분해……'라고 대답하는 두 순례자처럼 인생의 길을 따라 걷게 해주시옵소서. 아니옵니다! 주께서 우리에게 가르치시는 길은, 주여, 좁은 길이옵니다. 좁아서 둘이서 나란히 걸을 수도 없는 길이옵니다.

7월 4일

내가 이 일기를 펼치지 않은 것도 여섯 주가 지났다. 지난달, 몇 페이지를 다시 읽어보았는데 잘 써보려는, 어리석고 고약한 마음씨로 이 글을 쓰고 있다는 것을 발견했다…… 이것도 '그이' 때문이다…….

'그이' 없이도 나 혼자서 살아갈 수 있도록 나를 돕기 위해 시작한 이 노트 속에서 마치 '그이'에게 편지를 계속해서 쓰고 있기라도 한 것처럼.

잘 써졌다 싶은 페이지를 모두 찢어버렸다(그런 행동이 무엇을 의미하는지는 나 자신이 잘 알고 있다). 그와 관련되는 페이지는 모조리 찢어버렸어야 한다. 모두 다 찢어버렸어야 한다…… 그러나 나는 하지 못하고 말았다.

그 몇 장 찢어버린 것만으로도 나는 적잖은 긍지를 느낀다…… 내 마음이 이토록 병들지 않았던들 웃어넘기고 말았을 그러한 긍지를.

참으로 장한 일을 해낸 것 같았고 뜯어내버린 그 몇 장이 사뭇 대단한 무엇 같았다.

7월 6일

나는 책장에서 책을 추방해야만 했다…….

이 책에서 저 책으로 그를 피해 달아나건만 그는 어디에나 있다. 나 혼자 그가 없는 데서 찾아낸 페이지에서조차 그것을 읽어주는 그의 음성이 들린다. 나는 오직 그에게 흥미있는 것만을 좋아한다.

내 생각마저도 그의 사고방식을 취해버렸기 때문에, 지난날 우리 둘의 생각이 한데 뒤섞이는 것을 기꺼워할 수 있었던 때와 마찬가지로 지금도 어떤 것이 내 생각인지 분간할 수가 없다.

가끔 나는 그의 문장 투에서 벗어나려고 일부러 서투르게 쓰려고 애쓴다. 그러나 그에 대항해서 싸운다는 것, 그건 오히려 그에게 몰두하는 것이 된다. 당분간 《성서》(또 간혹 《그리스도를 본받아》도) 외에는 아무것도 읽지 않기로, 일기에도 읽은 것 중에서 특히 눈에 띄는 구절밖에는 적지 않기로 결심한다.

(이다음에는 일종의 '나날의 양식'과도 같은 것이 계속되어 있어, 7월 1일 부터 시작해 날마다의 날짜에는 《성서》의 한 구절이 덧붙여 있었다. 여기에는 주석들이 달려 있는 부분만을 옮겨 쓰겠다.)

7월 20일

"네게 있는 것을 모두 팔아 가난한 자들에게 나누어주어라."

오직 제롬을 위해서만 있는 이 마음을 나는 가난한 사람들에게 주어야 한다는 걸 알았다. 그리고 이것은 동시에 제롬에게도 그렇게 하도록 가르쳐주는 게 아니겠는가? 주여, 저에게 그럴 용기를 주옵소서.

7월 24일

《마음의 위안》 읽기를 그만두었다. 이 옛글이 무척이나 즐겁게 했지만, 내 마음을 흩어지게도 했다. 거기서 맛보는 거의 이교도적 즐거움은 내가 구하려고 뜻했던 가르침과는 전혀 관련이 없다.

《그리스도를 본받아》를 다시 읽었다. 이것 역시 이해하기 힘든 라틴어 원서로는 읽지 않기로 했다. 읽고 있는 번역본에 서명이 없는 것이 마음에 든다. 신교파(新敎派)의 번역이 틀림없지만 '모든 기독교 단체에 적합함'이라고 적혀 있다.

"오! 그대가 미덕 속으로 나아감으로써 얼마나 큰 안식을 스스로 얻을 수 있고, 얼마나 큰 기쁨을 남들에게 줄 수 있는지를 안다면, 그대는 더욱 거기에 마음을 기울여 노력하리라는 것을 나는 단언할 수 있다."*

8월 10일

주여, 제가 당신을 향해 어린애 같은 신앙심의 충동과 천사들의 초인간적인 음성으로 외칠 때…….

저는 아옵니다, 이 모든 것이 제롬에게서가 아니라 당신에게서 온다는 것을.

하지만 어디에나 당신과 저 사이에 그의 모습을 두심은 어찌된 일이옵니까.

8월 14일

이 일을 성취하는 데 앞으로 두 달 남짓…… 오, 주여, 저를 도우소서!

---

* 《그리스도를 본받아》1권 11장

8월 20일

분명히 느끼고 있다. '내 슬픔'에 따라 느끼고 있다. 내 마음속에서 희생이 아직도 이루어지지 않았다는 것을. 오 주여, 오직 그만이 알게 해주던 그 기쁨을, 이제는 모름지기 당신에게서만 얻게 하소서.

8월 28일

이 얼마나 속되고 볼품없는 덕에 이르렀는가! 도대체 나는 나에게 지나친 요구를 하는 것일까? 이젠 더는 나를 용서할 수 없다.

언제나 주께 주의 힘을 애원하다니 이 무슨 비겁한 일인가! 이제 내 모든 기도는 하소연에 지나지 않는다.

8월 29일

"들에 핀 백합화를 보라……."*

오늘 아침 이 소박한 말씀이 나를 무엇으로도 풀 수 없는 슬픔 속으로 가라앉혔다. 나는 들판으로 나갔지만 나도 모르게 되풀이하고 있던 이 말씀이 내 마음과 두 눈을 눈물로 가득 채웠다. 나는 농부가 쟁기 위에 몸을 굽힌 채 갈고 있는 텅 비고 광막한 들을 보았다.……

'들에 핀 백합화'…… 그러하오나, 주여, 백합화는 어디에 있사옵니까?……

---

* 〈마태복음〉 6장 28절; 〈누가복음〉 12장 27절

9월 16일 밤 10시

다시 그를 만났다. 그는 여기 한지붕 밑에 있다. 그의 방 창문에서 새어 나오는 불빛이 잔디밭 위를 비춘다. 내가 몇 줄 적고 있는 이 시간, 그는 자지 않고 있다. 어쩌면 나를 생각하고 있는지도 모른다. 그는 변하지 않았다. 자기도 그렇게 말하고 나도 그렇게 느낀다. 그의 사랑이 나를 저버리도록 이미 결심한 대로의 나를 그에게 보일 수 있을지?

9월 24일

오! 속에서는 마음이 까무러치는데도 무관심과 냉담을 끝내 가장했던 그 잔혹스러운 대화…… 지금껏, 나는 그를 피하는 것에 만족하고 있었다. 그러나 오늘 아침, 주님이 나에게 이겨낼 힘을 주시리라 믿었고, 끊임없이 싸움에서 몸을 피한다는 것도 비열한 노릇이라는 것을 느낄 수 있었다. 내가 승리한 것이었을까? 제롬이 나를 덜 사랑하게 되었는가?…… 슬프게도! 그걸 바라면서 두려워하고 있으니…… 지금보다 더 그를 사랑한 적은 없었다.

그러하오나, 그를 저에게서 구하기 위해 제가 없어져야 한다면, 주여, 그렇게 하소서…….

'저의 괴로움을 짊어지기 위해, 당신의 수난(受難)으로도 아직도 남아 있는 고통을 감당해나가기 위해, 저의 마음과 저의 영혼 속으로 들어오소서.'

우리는 파스칼에 관해 이야기했다…… 그에게 난 무슨 말을 할 수 있었나? 그 무슨 욕되고 터무니없는 말을 했던가! 그런 것을 말하면서도 벌써 나는 괴로웠지만, 오늘 밤은 그 말이 하느님에 대해서 불경스런 말을 한 것처럼 후회하고 있다. 묵직한 《팡세》를 다시 뽑아 들었다. 제풀에 펼쳐진 곳이 로아네 양*에게 보내는 편지 구절이었다.

"이끄는 이를 스스로 따를 때, 얽매인 굴레는 느껴지지 않습니다. 그러나 항거하기 시작하고 홀로 떨어져 걷는다는 건 몹시 고통스러울 겁니다."

이 말이 너무나 사무치게 느껴져 더 읽어나갈 기력이 없었다. 그러나 다른 곳을 또 펼치자 여태껏 읽은 적이 없었던 훌륭한 구절을 발견하게 되어 베껴두었다.

(이 일기의 첫 번째 노트는 여기서 끝나 있다. 뒤이은 노트는 찢어버린 모양이다. 알리사가 남긴 서류 속에는 그로부터 3년 후, 다시금 퐁그즈마르에서, 9월 곧 우리의 마지막 상봉이 있기 조금 전부터 일기가 이어져 있다. 다음과 같은 글로 그 마지막 일기는 펼쳐진다.)

9월 17일

오 주여, 당신을 사랑하기 위해서는 제가 그이를 필요로 한다는 것을 당신은 알고 계십니다.

---

* 파스칼의 친구 로아네스공(公)의 여동생으로 파스칼의 애인이었다고 한다.

9월 20일

주여! 제게 그를 주시옵소서. 그러하오면 당신께 이 마음을 바칠 수 있겠나이다.

주여, 한 번만 그를 만나도록 해주옵소서.

주여, 제 마음을 당신께 드리기로 약속하옵나이다. 그러하오니 저의 사랑이 당신께 청하는 바를 허락해주시옵소서. 저에게 남은 목숨은 오직 당신에게만 바치겠사옵니다…….

주여, 비루한 이 기도를 용서해주시옵소서. 저는 그의 이름을 입술에서 멀리할 수도, 제 마음의 괴로움을 잊어버릴 수도 없사옵니다.

주여, 당신께 소리치옵니다. 저를 이 비탄 속에 버려두지 마시옵소서.

9월 21일

"너희가 내 이름으로 내 아버지께 무엇을 구하든지 내가 시행하리니……."

주여! 당신의 이름으로 어찌 제가 감히…….

그러하오니, 비록 제가 기도를 입에 올리지 않는다 하더라도 주님께서는 이 마음에서 타오르는 소원을 알아주실 줄 아옵니다.

9월 27일

오늘 아침부터는 마음이 크게 안정되었다. 지난밤은 내내 명상과 기도로 보냈다. 그러자 갑자기 어린 시절에 성령을 상상으로 그려보던 것과 흡사한, 광채 찬란한 평온 비슷한 것이 나를 둘러싸고 나에게로 강림해오는 것 같았다. 이 기쁨이 신경의 흥분 때문이 아닐까 하고 두려워 얼른 잠자리에 들었다. 그러한 지복(至福)이 사라지기 전에 빨리 잠들 수 있었다. 오늘 아침에도 그 지복이 조금도 달라지지 않고 오롯이 그대로 남아 있다. 이제는 그가 올 것이라는 확신을 가지게 되었다.

9월 30일

제롬! 내 벗, 아직도 '동생'이라고 부르기는 하지만, 동생보다도 더 끝없이 내가 사랑하는 너…… 너도밤나무숲 속에서 몇 번이나 너의 이름을 불렀는지 알겠니!……

저녁마다 해 질 무렵이면 채소밭의 그 작은 문으로 나가서, 나는 어둑어둑해진 가로수 길을 내려간다…… 네가 별안간 대답을 하고, 서둘러 내 눈길이 둘러보는 돌 많은 그 둑 뒤에서, 바로 거기서 네가 나타난다 해도, 아니면 나를 기다리며 그 벤치에 앉아 있는 네 모습이 멀리서 내 눈에 들어온다 해도, 내 가슴은 놀라 뛰지 않을 것이다. ……오히려 너를 보지 못해 나는 놀란다.

10월 1일

아직 아무 일이 없다. 태양은 비할 데 없이 맑은 하늘 속으로 저물어갔다. 나는 기다린다. 머지않아 이 벤치 위에 그와 함께 앉게 되리라는 것을 나는 알고 있다…… 벌써 목소리가 들린다. 그가 내 이름을 발음하는 걸 나는 몹시도 듣기 좋아한다…… 그는 여기에 앉을 것이다! 나의 손을 그의 손에 맡기리라. 이마는 그의 어깨에 기댈 것이고, 나는 그의 곁에서 숨 쉬게 될 것이다. 이미 어제도 나는 그의 편지들 중 몇 장을 다시 읽어보려고 가지고 나왔었다. 하지만 그의 생각에 너무 빠져 있어서 나는 그 편지들을 쳐다보지도 않았다. 또 그가 좋아하던 그 자수정 십자가, 흘러간 어느 여름날 그가 떠나지 말았으면 싶은 동안, 저녁마다 목에 걸기로 했던 그 자수정 십자가도 가지고 나왔었다.

이 십자가를 그에게 주고 싶다. 이런 꿈을 꾼 건 벌써 오래되었다. 그가 결혼하면 나는 그의 첫딸, 작은 알리사의 대모(代母)가 되고, 이 패물을 그 애에게 주고…… 그런데 왜 나는 그런 말을 감히 그에게 하지 못했을까?

10월 2일

하늘에 보금자리를 지어놓은 새처럼 오늘 내 영혼은 가볍고 즐겁다. 그는 분명히 오늘 온다. 그렇게 느껴지고 또 그걸 알 수 있다. 모든 사람에게 그 말을 외치고 다녔으면 싶다. 여기에라도 쓰지 않고는 못 배기겠다. 내 이 기쁨을 이제 나는 숨길 수가 없다. 여느 때는 그처럼 멍청하고 내게 무관심하던 로베르의 눈에조차 띄었다. 로베르가 묻는데 당황해서 무어라고 대답해야 할지 몰랐다. 저녁이 오기까지를 어떻게 기다릴까? ……

무언지 투명한 눈가리개 같은 것이 어느 곳을 보아도 그의 모습을 큼직하게 확대해 보여주고, 사랑의 모든 빛살을 모아 내 가슴의 단 하나의 초점 위에 집중시키고 있다.

오! 기다림이 얼마나 나를 지치게 하는가!……

주여! 행복의 그 넓은 문들을 제 앞에 잠시만이라도 열어 보여주옵소서!

10월 3일

모든 것이 다 사라졌다. 슬프다! 그는 내 팔에서 빠져나갔다, 마치 그림자처럼. 그는 여기 있었다! 바로 여기 있었다! 아직도 나는 그를 느끼고 있다. 나는 그를 부른다. 내 손, 내 입술은 그를 찾는다. 어둠 속에서 헛되이…….

나는 기도도 할 수 없고 잠도 잘 수 없다. 어두워진 정원으로 다시 나가보았다. 내 방 안에서나, 집 안 어디에서나 나는 무섭기만 하다. 나의 비탄이 나를, 그를 그 뒤에 남겨두고 왔던 그 문까지 데려갔다. 나는 어리석은 희망을 갖고 그 문을 다시 열어보았다. 혹시 그가 돌아와 있을지도! 불러보았다. 어둠 속을 더듬어보았다. 그에게 편지를 쓰기 위해 나는 다시 돌아왔다. 그를 잃는다는 걸 나는 받아들일 수가 없다.

그런데 도대체 무슨 일이 일어났던가? 그에게 나는 무슨 말을 했던가? 나는 무슨 짓을 했던가? 무슨 필요로 항상 그이 앞에서 나의 미덕을 과장하는 것인가? 나의 마음이 부인하는 이 덕은 과연 얼마나 귀중한 것인가? 주님이 내 입술에 올려놓으신 말씀을 나는 몰래 배반하고 있었다…… 내 마음을 부풀어오르게 하던 것 중에는 그 어느 것도 내 입 밖으로 나가지 않았다. 제롬! 제롬, 곁에 있으면 마음이 저려오고, 멀리 있으면 죽을 것만 같은 나의 애달픈 벗, 내가 아까 하던 모든 말 가운데서 내 사랑이 네게 이야기하던 것 외에는 아무것도 듣지 말아줘.

편지를 찢고, 그러곤 다시 쓰고…… 이제 새벽이다, 잿빛에 싸인. 눈물에 젖고, 내 생각만큼이나 서글픈 새벽…… 농장의 첫 소리를 듣는다. 잠자던 모든 것이 다시 삶을 시작한다…….

'이제 일어나라. 때가 가까웠으니…….'*

내 편지는 부치지 않을 것이다.

10월 5일

저를 앗아가신 질투심 많은 하느님, 이제 저의 마음도 거두어가소서. 모든 열정이 이 마음을 저버리고 있기에 아무것도 다시는 이 마음을 끌지 못할 것입니다. 하오니, 제 자신의 이 보잘것없는 나머지를 이겨낼 수 있도록 도와주소서. 저의 사랑을 달랠 수 없을 만큼 부추기는 이 집, 이 정원, 오직 당신만을 뵙게 될 곳으로 달아나고 싶습니다.

제가 재산이라고 소유했던 것들을 당신의 가난한 이들을 위해 처분하도록 저를 도와주소서. 쉽사리 팔 수 없는 퐁그즈마르의 이 집을 로베르에게 남겨주는 것을 용납해주소서. 유언장을 써놓긴 했

---

* 〈마태복음〉 26장 45~46절

지만, 나는 필요한 형식을 거의 모른다. 내가 결심한 것을 눈치 채고 줄리에트나 로베르에게 알릴까 두려워 공증인과 어제 충분히 이야기할 수 없었다…….

이 일은 파리에 가서 끝내야겠다.

10월 10일

너무도 지친 상태로 이곳에 도착했으므로 처음 이틀 동안은 누워 있어야 했다. 내가 싫어하는데도 불러온 의사가 수술을 꼭 해야 한다고 이야기한다. 반대해본들 무슨 소용이 있을 것인가? 그러나 나는 수술이 겁나고, '기운을 좀 회복'하기를 기다리고 싶다는 것을 그에게 쉽사리 납득시켰다.

이름이나 주소도 숨길 수 있었다. 나를 받아들이고, 또 주님께서 아직 필요하다고 여기실 동안 머물러 있는 데 대해 군말이 없도록 돈을 넉넉히 사무실에 맡겨놓았다.

이 방은 마음에 든다. 티 없이 정결하다는 것만으로도 벽의 치장은 충분하다. 내가 거의 즐거운 데 대해 나 자신이 몹시 놀랐다. 이제 더는 삶에 대해 바라는 게 없기 때문이다. 이제는 다만 하느님만으로 만족해야 하기 때문이고, 또한 하느님의 사랑이 우리의 마음을 송두리째 차지하실 때, 비로소 그 뛰어난 것을 보여주시기 때문이다…….

《성서》 외에는 아무 책도 가지고 오지 않았다. 그런데 오늘 내 안에서는 읽고 있는 《성서》의 구절보다도 더 큰 음성으로 파스칼의 그 열광적인 흐느낌이 울려오고 있다.

"하느님이 아닌 것은 그 어떤 것도 나의 기대를 채워줄 수 없다."

오, 지각없는 내 마음이 바라던 너무나 인간적인 기쁨이여……
주여! 당신이 저를 절망시키신 것은 이 외침을 얻게 하기 위함이옵
니까?

10월 12일

주의 나라가 임하시기를! 제 속에 당신의 다스림이 임하시기를!
그리하여 당신만이 제게 군림하소서. 저를 송두리째 다스리옵소서.
이제는 아낌없이 당신께 제 마음을 드리겠나이다.

몹시 늙어버린 듯이 지쳐 있으면서도 내 영혼은 이상스럽게도 동
심(童心)을 간직하고 있다. 아직도 나는 방 안에 있는 모든 것이 정
돈되고, 벗어놓은 옷을 머리맡에 가지런히 개어놓지 않으면 잠을
자지 못했던 그 옛날 소녀 때의 나와 똑같다.

죽을 준비도 이렇게 하고 싶다.

10월 13일

없애버리기 전에 다시 일기를 읽었다. "자신이 느끼는 고통을 털
어놓는 것은 위대한 영혼에게는 온당치 못하다." 아름다운 이 말은
클로델 드 보오*의 말이라고 생각된다.

이 일기를 불속에 내던지려는 순간 어떤 경고 같은 것이 나를 말
렸다. 이 일기는 이미 내 것이 아니고, 이것을 제롬에게서 빼앗을 권

---

* 철학자 오귀스트 콩트의 애인

리도 내게는 없으며, 오로지 그를 위해서 썼을 뿐이라고 느꼈다. 일기 속에 쓰여 있는 불안이나 의구심도 이제 와서 생각해보면, 너무도 어처구니없는 것같이 보여 거기에 아무런 중요성도 붙일 수 없게 되었고, 제롬이 그것을 읽는다고 해도 그 때문에 마음이 동요될 것 같지는 않다. 주여, 제 자신이 필사적으로 도달하려고 했던 미덕의 정상에까지 그를 밀어올리려고 미칠 듯이 원하던 이 마음의 어설픈 표현을, 이 일기에서 그가 때때로 찾을 수 있도록 해주옵소서.

'하느님, 제가 도달할 수 없는 그 반석 위로 저를 인도하옵소서.'[*]

10월 15일

"기쁨, 기쁨, 기쁨, 기쁨의 눈물"[**]

인간적인 기쁨 그 위로, 모든 고통의 저 너머에서, 그렇다, 나는 그 찬연한 기쁨을 예감하고 있다. 내가 도달할 수 없는 그 반석, 나는 그것의 이름을 잘 알고 있다. 행복이라는 이름에 귀착하기 위해서가 아니라면, 내 모든 삶이 헛되다는 것을 나는 알고 있다…… 아! 그러나 당신은 그것을 약속하셨습니다. 주여, 단념하는 순수한 영혼에게 이제부터 "주 안에서 죽는 자들은 복받을지어다"라고 당신의 거룩한 말씀은 이야기하셨습니다. 죽음에 이르러서까지 저는 기다려야 하옵니까? 여기에서 저의 믿음은 흔들리옵니다, 주여! 제 온 힘을 다해 당신께 부르짖고 있사옵니다. 저는 어둠 속에 있나이

---

[*] 〈시편〉31장 3절에 이와 비슷한 구절이 있다.
[**] 파스칼이 죽은 후 의복 안의 꿰매진 데서 발견한 기도문

다. 새벽을 기다리고 있나이다. 목숨이 다할 때까지 당신에게 부르짖고 있사옵니다. 제 갈증을 축여주시옵소서. 행복을 생각하면 저는 곧 목이 마릅니다…… 아니면, 저는 그 행복을 가진 것이라고 생각해야 되는 것이옵니까? 먼동에 앞서서, 날이 밝아오는 것을 알린다기보다는 차라리 애타는 마음으로 날 밝기를 부르는 안타까운 새처럼, 저도 밤이 사라지는 것을 기다리지 말고 노래를 불러야 하옵니까?

10월 16일

제롬! 완벽한 기쁨이 무언지 네게도 가르쳐주고 싶다.

오늘 아침, 구토증의 발작이 나를 깨뜨려버렸다. 그 직후 나는 내가 너무도 쇠약하게 느껴져서, 잠깐 동안 죽는 것을 바랄 수도 있었다. 아니, 그게 아니다. 처음에는 모든 내 안에 커다란 평온이 깃들었다. 그러고는 심한 고통이 나를 휘어잡고, 전율이 내 육신과 영혼을 휘어잡았다. 그것은 마치 내 삶의 속박이 풀린 돌연한 '계시(啓示)'와도 같았다. 내 방의 잔인하게 벌거벗겨진 벽을 처음으로 보는 것처럼 느껴졌다. 나는 무서웠다. 아직도 나는 나를 안정시키고 가라앉히기 위해 이 글을 쓰고 있는 것이다. 오, 주여! 당신을 모독함 없이 종국(終局)에까지 이르도록 해주시기를.

나는 다시 일어날 수 있었다. 나는 어린아이처럼 무릎을 꿇고 있다…….

지금 빨리 죽었으면 한다. 나 혼자라는 것을 또다시 알기 전에.

*

    지난해 나는 줄리에트를 다시 만났다. 알리사의 죽음을 알려준 그녀의 마지막 편지를 받고 10년 이상의 세월이 흘렀다. 프로방스 지방으로 떠난 여행이 님므에 잠시 발을 멈추는 기회가 되어주었다. 시의 소란한 중심 지대인 프세르 가도에 있는 테시에르가(家)는 꽤 좋은 집에서 살고 있다. 방문 계획을 미리 편지로 알렸는데도 문턱을 넘을 때는 적잖게 가슴이 설레었다.

    하녀가 나를 응접실로 올라가게 했고, 거기로, 얼마 후에 줄리에트가 나를 맞으러 왔다. 블랑티에 이모를 본 것 같았다. 걸음걸이, 몸맵시, 그리고 숨 가쁜 친절까지도 똑같았다. 그녀는 대답도 기다리지 않고 곧장 내가 지내온 일, 내 파리의 거처, 내가 하는 일, 내 교제 관계 등에 관한 질문으로 나를 숨 가쁘게 몰아세웠다. 미디(南佛)에서는 내가 무엇을 했는지? 에두아르가 나를 보면 무척 기뻐할 에그비이브에는 왜 가보려 하지 않는지?…… 그러고 나서는, 그녀는 모든 것에 관해 소식을 전해주었다. 자기 남편, 자기 애들, 자기 동생, 그리고 지난번 추수와 불경기 등에 관해서 이야기했다…… 나는 로베르가 에그비이브에 와 살기 위해 퐁그즈마르의 집을 팔았다는 걸 알았다. 현재 그는 에두아르와 동업을 하고 있고, 그래서 에두아르는 여행도 할 수 있고, 또 사업 거래 방면에 특별히 힘을 기울일 수 있으며, 한편 로베르는 밭에 남아서 여러 계획을 개선하고 확장한다는 것 등을 알게 되었다.

    그러면서도 나는 과거를 회상시켜줄 만한 것을 불안한 눈으로 찾아보았다. 응접실의 새 가구들 사이에서 퐁그즈마르의 몇몇 가구를 나는 쉽사리 알아보았다. 그러나 내 마음속에서 부르르 떨고 있던 그 과거를 이제 줄리에트는 모르고 있거나, 아니면 일부러 거기에 정신을 쓰지 않으려고 애쓰는 것처럼 보였다.

열두서너 살짜리의 사내애 둘이 층계에서 놀고 있었다. 줄리에트는 인사시키느라고 그 애들을 불렀다. 맏딸 리즈는 제 아버지를 따라 에그비이브에 갔다는 것이었다. 열 살 먹은 사내애는 산책에서 곧 돌아오리라고 했다. 줄리에트가 알리사의 죽음을 알리면서, 해산이 가깝다고 하던 아이가 바로 그 아이였다. 이때의 임신은 끝까지 고통스러웠고, 그것 때문에 줄리에트는 산후에도 오랫동안 불편했다는 것이다. 그리고 지난해엔 생각을 돌이킨 듯이 딸을 또 하나 낳았다. 그녀가 하는 말을 들으면, 줄리에트는 다른 애들보다 이 딸애를 제일 귀여워하는 것 같았다.

"그 애가 자고 있는 방이 바로 요 옆에 있어요" 하고 줄리에트는 말했다.

"그 애를 보러 가요."

그래서 내가 따라가자 줄리에트는 "제롬, 감히 편지로 부탁하지는 못했지만……, 이 아이의 대부(代父)가 되어주지 않겠어요?"라고 물었다.

"물론, 네가 좋다면 서슴지 않고 승낙하지"라고 약간 놀란 나는 어린애의 요람을 들여다보면서 말했다.

"그래, 우리 대녀(代女)의 이름은 뭐지?"

"알리사……"

낮은 소리로 줄리에트는 대답했다.

"앤 언니를 좀 닮았어요, 그렇지 않아요?"

나는 아무 대꾸도 하지 못하고 줄리에트의 손을 꼭 쥐었다. 제 어머니가 들어올리자, 작은 알리사는 눈을 떴다. 나는 내 팔에 알리사를 받아 안았다.

"오빠 가정의 훌륭한 아버지가 될 거예요!" 하고 줄리에트는 웃어 보이려고 애쓰며 말했다.

"언제 결혼하실 거예요?"

"많은 일이 잊히면."

나는 줄리에트의 얼굴이 빨개지는 걸 보았다.

"곧 잊어버리고 싶으세요?"

"언제까지라도 잊고 싶지 않아."

"이리로 와보세요."

이미 어두워진 더 작은 방으로 나를 데려가면서 그녀는 갑자기 말했다. 그 방의 문은 줄리에트의 방으로 문이 나 있었고, 또 한 문은 응접실 쪽으로 나 있었다.

"시간 있을 때면 제가 숨어들어오는 곳이에요. 이 집에서 가장 조용한 방이죠. 여기 있으면, 삶에서 피난해 있는 것처럼 느껴져요."

이 작은 응접실의 창문은 다른 방들의 창문처럼 시끄러운 거리 쪽으로 향해 있지 않고, 나무들이 서 있는 안뜰 같은 곳으로 향해 있었다.

"앉으세요."

안락의자에 주저앉으면서 그녀가 말했다.

"내가 오빠를 잘못 알고 있지 않다면, 오빠는 알리사의 추억에 충실하려는 거지요?"

나는 한동안 대답을 하지 않고 있었다.

"아마도 그렇다기보다는 알리사가 내게 대해 품고 있던 생각에 대해서겠지…… 아니, 그런 것을 내가 무슨 장한 짓을 한다고 생각하지는 마. 그렇게 할 수밖에는 없어서 그러는 거니까. 만일 내가 어떤 여자하고 결혼한다면, 나는 그 여자를 사랑하는 척밖에는 하지 못할 것 같아."

"그래!"

그녀는 별 관심 없는 듯이 말했다. 그러고는 내게서 얼굴을 돌리더니 뭔가 잃어버린 것이라도 찾으려는 듯이 방바닥을 내려다보며 말했다.

"그럼, 아무런 희망도 없는 사랑이 그처럼 오랫동안 마음속에 간직되리라고 믿으시는 거예요?"

"그렇단다, 줄리에트."

"그리고 삶의 나날이 계속되어 불어난다 해도 사랑이 꺼지지 않으리라는 거예요?"

저녁이 잿빛 밀물처럼 밀려와서는 그 어둠 속에서 나지막한 목소리로 자신의 과거를 되살리고 들려주는 듯싶은 물건들에 부딪치며 적셔주었다. 줄리에트가 그 모든 가구를 다시 옮겨다 모아놓은 알리사의 방이 다시금 보였다. 이제 줄리에트는 다시 내게로 얼굴을 돌렸다. 이젠 그녀의 윤곽도 잘 분간할 수 없어서, 줄리에트가 눈을 감고 있었는지 어쩐지도 알 수 없었다. 줄리에트는 몹시 아름다워 보였다. 그리고 이제 우리는 아무 말 없이 앉아 있었다.

"자!"

이윽고 그녀는 말했다.

"이젠 잠에서 깨지 않으면 안 돼요……."

나는 그녀가 일어서서 앞으로 한 걸음 내딛더니 기력이 없는 듯이 옆 의자에 쓰러지는 걸 보았다. 그녀는 자기 얼굴에 손을 가져갔고 울고 있는 듯이 보였다…….

하녀가 등불을 가지고 들어왔다.

작품 해설

　앙드레 지드는 프랑스 초기 상징주의 운동에 참여했고 양차 대전 기간에는 반식민주의 운동에 앞장서기도 했다. 지드의 작품 세계에는 도덕주의와 청교도주의의 구속에서 벗어나 자유를 갈구하는 색깔이 짙게 배어 있으며 이지적인 성실함을 꾸준히 견지하는 자세가 드러나 있다.

　내면의 탐구가 돋보이는 지드의 글은 자아의 완성을 향한 탐색을 반영하고 있다. 1936년에 소련으로 여행을 다녀온 직후에 쓴 공산주의에 대한 평가에서 볼 수 있듯이 지드의 정치 활동은 그러한 맥락에서 형성되었다. 공산주의에 대한 비판으로 말미암아 지드는 사회주의자인 친구들을 여럿 잃었다. 파리에서는 오스카 와일드와 친분을 쌓았는데 와일드는 1895년, 알제리 수도 알제에서 지드에게 동성애를 접하게 했다. 같은 해에 어머니가 사망하고 나자 사촌 마들렌느 론도와 결혼하지만 오래 가지는 못했다. 1896년에 지드는 노르망디의 한 지방에서 시장을 지내기도 했다.

지드는 1869년 11월 프랑스 파리의 신교도 중산층 가정에서 태어났다. 아버지는 파리대학교 법과대학 교수였으며 1880년에 사망했다. 어머니는 프랑스 북부 노르망디 지방의 부유한 가톨릭 가문 출신으로 이 가문은 하원의원, 사법관, 기업가들을 배출했다. 어린 시절부터 어머니의 과잉보호 아래 엄숙한 분위기에서 자라난 지드는 일찍부터 자기희생과 영성적 열정을 체득했으며, 성년이 된 후에도 개신교 도덕률은 그에게 막대한 영향을 미쳤다.

지드는 어릴 때부터 건강이 좋지 않아 정규교육을 받지 못하고 가정교사 밑에서 공부했으며 나중에는 사립학교에 다녔다. 1877년에서 1882년까지 두 차례 알자스 학원에서 공부했는데, 그 사이에도 신경증 발작 때문에 온천욕 치료를 받았다.

열두 살 되던 해, 관대한 성품의 아버지가 세상을 떠나자 여성적 분위기가 지배적인 환경에서 자라게 되었다. 엄격한 어머니와, 어머니의 가정교사로 나중에 절친한 친구가 된 안나 섀클턴의 정성어린 보호를 받지만, 어머니와는 점점 더 멀어지게 된다.《좁은 문》은 섀클턴의 외로운 죽음을 계기로 집필하게 된다. 열네 살이 된 지드와 어머니가 섀클턴을 요양원에 보냈지만 섀클턴은 열흘을 넘기지 못하고 1884년에 죽음을 맞았다.

지드는 자서전에서 "신을 제외한 모든 것으로부터 버림받은, 이 외로운 영혼의 절망적인 외침을 떠올렸다.《좁은 문》의 마지막 장면에서 그 메아리가 들려온다"라고 밝히고 있다. 이 소설의 일부는 새클턴의 화장대 앞에서 쓰였다. 그러나《좁은 문》의 주인공 알리사는 전혀 다른 인물로 요양원에서 고독하게 죽어갔으며 신에게서도 버림받았다.

앙드레 지드는 20세기 전반기에서 폴 발레리, 폴 클로델과 더불어 프랑스 문학의 삼고봉(三高峯)을 이루는 일급 작가다. 그는 20세기 자아의 발견자이며 다른 어떠한 작가보다도 성실하고 진격하는 태도로 현대 지식인의 고민을 치밀한 필치로 묘사했다. 그렇게 당대 프랑스 젊은이들은 물론 전 세계 지식인들을 완전히 매혹시키고 말았다. 이런 그의 놀라운 업적으로 급기야 그가 별세하기 4년 전인 1947년에 문학가로서 최고의 영예인 노벨 문학상을 받게 되었다.

앙드레 지드의 대표작이며 세계 문학 작품 가운데 뛰어난 명작인 《좁은 문》은 1909년에 발표되었는데, 이보다 앞서 1902년에 발표된《배덕자(背德者)》와 좋은 대조를 이루고 있다.《배덕자》의 주인공 미셸은 인습 도덕의 속박에서 이탈해 구속 없는 생을 희구한 나머지 실패하고 마는데,《좁은 문》의 주인공 알리사는 미덕(美德)으로써 자기 자신을 구속하고, 욕망을 자기희생의 실천으로 극복하려한 나머지 일체를 상실하고 만다. 이 작품처럼 지드 자신의 생활을 직접 반영하는 것은 없을 것이다. 지드는 이 작품을 통해서 진정할 줄 모르는 자아의 내부 투쟁에 메스를 가해본 것이며, 또 이 작품이 지드 자신의 단면이라 할 수 있다.

신교도적인 제롬과 알리사는 서로 사랑하는 사이다. 그들의 결혼을 방해하는 것이라고는 그들이 가지고 있는 위대하고 고상한 금욕주의적 이상 말고는 아무것도 없다. 알리사는 《성서》의 가르침대로 좁은 문을 지나가고자 한다. 그리하여 제롬에 대한 사랑을 단념하고 그것을 하느님께 바치려고 한다. 그러나 그녀는 제롬을 통해서가 아니고서는 세상 만물을 볼 수가 없다. 알리사는 하느님의 사랑도 제롬을 생각하지 않고서는 무의미하다는 것을 안다. 알리사는 자기의 정열을 떠나 청결하게 되기 위해 제롬과 만나는 횟수를 차차 줄이고, 자기 주위에서 제롬을 생각나게 하는 모든 물건을 없애버리고, 갖은 노력을 다해서 그를 잊으려고 한다. 이 싸움은 결국 정신적인 피로 끝에 그녀를 죽음으로 이끌고 만다.

《좁은 문》의 초반부에서 우리는 지드의 어린 시절을 만날 수 있다. 독실한 프로테스탄트였던 제롬은 르아브르에서 알리사 뷔콜랭과 사랑에 빠진다. 어느 날 저녁, 그는 알리사의 방문 앞에 다다랐다.

"저무는 햇살이 스며드는 창문을 등지고 알리사는 침대 머리에 무릎을 꿇고 앉아 있었다."

그때 알리사는 정부와 함께 종적을 감춘 어머니의 부정을 알아차렸다. 그녀의 얼굴이 온통 눈물에 젖은 모습을 본 순간, 제롬은 알리사의 행복을 위해 일생을 바치기로 결심한다.

다음 날 일요일, 보티에 목사는 "의도적으로" 〈누가복음〉에 관한 설교로 예배를 진행한다.

좁은 문으로 들어가기를 힘쓰라. 멸망으로 인도하는 문은 크고 그 길이 넓어 그리로 들어가는 자가 많고, 생명으로 인도하는 문은 좁고 협착하여 찾는 이가 적음이라.

제롬은 좁은 문이 사촌 알리사의 방문인 것처럼, 그리고 좁은 길은 그들 둘에게는 충분히 넓으리라고 생각한다. 그러나 알리사에게 그 길은 겨우 홀로 갈 수 있을 만큼의 넓이였다.

처음에 알리사는 제롬과 사랑에 빠지기에는 나이가 너무 어리다고 말한다. 그리고 동생인 줄리에트 역시 제롬을 좋아한다는 것을 알고 번민하다가 결국 신에게로 귀의하고자 결심한다.

외삼촌인 뷔콜랭의 시골집이 있는 퐁그즈마르의 정원 울타리에 있는 사립문에서 제롬과 알리사는 마지막으로 만난다. 그곳은 천국으로 나 있는 좁은 문의 세속적인 모습으로 둘이 함께 들어가기에는 비좁은 곳이다.

알리사는 파리의 요양원으로 홀로 떠나고 제롬에게는 자신의 진심을 알려주는 일기장을 남겨준다. 임종 시의 그녀의 마지막 말은 암시적이다. '나의 마음이 부인하는 이 덕은 과연 얼마나 귀중한 것인가'라고.

여기서 누구나 볼 수 있는 것은 지드의 인간주의적 갈등이다. 지드는 인간적 행복을 희생하면서까지 하느님을 섬겨야 하는 이 기독교 사상에 자기 자신이 기독교도인 이상 한층 괴로워했다. 알리사의 환영을 언제까지나 품고서 독신을 지키려는 제롬에게 현실적 행복을 얻은 줄리에트가 던지는 의문의 말은 의미심장하다. 그녀는 현실로 돌아가자고 제롬에게 전한다. 그러나 이것이 이 작품의 결론은 아니다. 지드는 어떠한 해답도 주지 않고서 다만 도덕적 편견이라는 문제만을 독자에게 제시하고 있다.

옮긴이

앙드레 지드 연보

1869년   프랑스 파리에서 법학부 교수인 아버지와 부유한 개신교 부르주아 출신인 어머니 사이에서 태어났다.

1880년   부르주아 개신교 집안 자제들이 다니던 학교에서 수학하던 중 아버지가 돌연 사망했다. 이후 지드는 한동안 불안 증세와 신경증 발작 등을 겪었다.

1891년   꾸준히 일기를 쓰고 정열적으로 독서를 한 청소년기를 지나 《앙드레 발테르의 수기》를 발표했다. 지드의 첫 작품이다. 외사촌 누이 마들렌을 향한 사랑이 주요 모티프였다.

1895년   종교의 엄격한 윤리에서 벗어났음을 선포한 작품 《팔뤼드》를 발표했다. 5월에 어머니가 사망했고, 10월에 마들렌과 결혼했다.

1897년   1893년 가을부터 이듬해 봄까지 북아프리카를 여행한 후 겪은 변화를 담은 작품 《지상의 양식》을 발표했다.

1902년	북아프리카 여행 이후 새롭게 변화한 자신의 모습을 모티프로 한 최초의 본격적인 소설《배덕자》를 발표했다.
1909년	종교적 계율이 초래한 위선과 비극을 고발한《좁은 문》을 발표했다. 지드가 동료들과 함께 1908년 창간한《신프랑스평론》이 영향력 있는 문예지로 인정받기 시작했다. 훗날《신프랑스평론》은 20세기 프랑스 문단의 성격 형성에 결정적 영향을 주었다고 평가받았다.
1914년	《교황청의 지하실》을 발표했다. 종교적, 도덕적 편견을 풍자해 가톨릭 진영에서 비난받았으나 초현실주의자들에게는 큰 호평을 받았다.
1919년	시각장애인 고아 소녀를 사랑하는 목사 이야기를 통해 종교적 위선을 비판한《전원교향곡》을 출간했다.
1924년	자신의 동성애적 성향과 이에 대한 논박을 담은 대화체 소설《코리동》을 펴냈다.
1927년	콩고를 여행한 후 식민주의에 대한 문제의식을 담은《콩고 기행》을 냈다. 복잡다단한 세계 속에서 여러 인물이 진정한 자아와 삶의 의미를 발견해가는 과정을 좇는《위폐범들》을 발표했다.
1936년	동료들과 함께 초청받아 소련을 여행한 후《소련 기행》을 발표했다. 이 책에는 공산주의에 대한 지드의 호감이 담겨 있어 사회적으로 큰 파장이 일었다. 추후 지드는 공산주의와 결별을 선언했다.
1939년	1983년부터 쓰기 시작한 일기를 모아 책으로 발표했다.

| 1947년 | 6월 옥스퍼드대학교에서 명예 박사학위를, 11월 노벨문학상을 받았다. |
| 1951년 | 노벨문학상 수상 이후에도 활발한 집필 활동을 이어가다 2월 19일 폐충혈로 사망했다. 지드 사후 폴 발레리, 마르탱 뒤 가르 등과의 서한집이 출간되었다. |

옮긴이 **오현우**

서울대학교 불어불문학과를 졸업하고, 프랑스 소르본대학교에서 수학했으며, 서울대학교 불어불문학과 교수를 지냈다. 옮긴 책으로 앙드레 지드의 《배덕자》, 스탕달의 《적과 흑》, 장 콕토의 《무서운 아이들》, 모파상의 《안개 낀 모상》, 샤토브리앙의 《아딸라의 비가》, 앙리 바르뷔스의 《지옥》 등이 있다.

좁은 문

1판 1쇄 발행 1967년 9월 15일
4판 1쇄 발행 2024년 9월 10일

지은이 앙드레 지드 | 옮긴이 오현우
펴낸곳 (주)문예출판사 | 펴낸이 전준배
출판등록 2004. 02. 11. 제 2013-000357호 (1966. 12. 2. 제 1-134호)
주소 04001 서울시 마포구 월드컵북로 21
전화 393-5681 | 팩스 393-5685
홈페이지 www.moonye.com | 블로그 blog.naver.com/imoonye
페이스북 www.facebook.com/moonyepublishing | 이메일 info@moonye.com

ISBN 978-89-310-2375-6 04800
ISBN 978-89-310-2365-7 (세트)

■ 문예세계문학선

★ 서울대, 연세대, 고려대 필독 권장 도서 ▲ 미국대학위원회 추천 도서
● 《타임》 선정 현대 100대 영문 소설 ▽ 《뉴스위크》 선정 세계 100대 명저

	1 젊은 베르테르의 슬픔 괴테 / 송영택 옮김		34 지상의 양식 앙드레 지드 / 김붕구 옮김
▲▽	2 멋진 신세계 올더스 헉슬리 / 이덕형 옮김		35 체호프 단편선 안톤 체호프 / 김학수 옮김
▲●▽	3 호밀밭의 파수꾼 J. D. 샐린저 / 이덕형 옮김		36 인간 실격 다자이 오사무 / 오유리 옮김
	4 데미안 헤르만 헤세 / 구기성 옮김		37 위기의 여자 시몬 드 보부아르 / 손장순 옮김
	5 생의 한가운데 루이제 린저 / 전혜린 옮김	●▽	38 댈러웨이 부인 버지니아 울프 / 나영균 옮김
	6 대지 펄 S. 벅 / 안정효 옮김		39 인간희극 윌리엄 사로얀 / 안정효 옮김
●▽	7 1984 조지 오웰 / 김승욱 옮김		40 오 헨리 단편선 O. 헨리 / 이성호 옮김
▲●▽	8 위대한 개츠비 F. 스콧 피츠제럴드 / 송무 옮김	★	41 말테의 수기 R. M. 릴케 / 박환덕 옮김
▲●▽	9 파리대왕 윌리엄 골딩 / 이덕형 옮김		42 파비안 에리히 케스트너 / 전혜린 옮김
	10 삼십세 잉게보르크 바흐만 / 차경아 옮김	★▲▽	43 햄릿 윌리엄 셰익스피어 / 여석기 옮김
★▲	11 오이디푸스왕 · 안티고네		44 바라바 페르 라게르크비스트 / 한영환 옮김
	소포클레스 · 아이스킬로스 / 천병희 옮김		45 토니오 크뢰거 토마스 만 / 강두식 옮김
▲●▽	12 주홍글씨 너새니얼 호손 / 조승국 옮김		46 첫사랑 이반 투르게네프 / 김학수 옮김
▲●▽	13 동물농장 조지 오웰 / 김승욱 옮김		47 제3의 사나이 그레이엄 그린 / 안흥규 옮김
	14 마음 나쓰메 소세키 / 오유리 옮김	★▲▽	48 어둠의 속 조셉 콘래드 / 이덕형 옮김
★	15 아Q정전 · 광인일기 루쉰 / 정석원 옮김		49 싯다르타 헤르만 헤세 / 차경아 옮김
	16 개선문 레마르크 / 송영택 옮김		50 모파상 단편선 기 드 모파상 / 김동현 · 김사행 옮김
★	17 구토 장 폴 사르트르 / 방곤 옮김		51 찰스 램 수필선 찰스 램 / 김기철 옮김
	18 노인과 바다 어니스트 헤밍웨이 / 이경식 옮김	★▲▽	52 보바리 부인 귀스타브 플로베르 / 민희식 옮김
	19 좁은 문 앙드레 지드 / 오현우 옮김		53 페터 카멘친트 헤르만 헤세 / 박종서 옮김
★▲	20 변신 · 시골 의사 프란츠 카프카 / 이덕형 옮김	★	54 몽테뉴 수상록 몽테뉴 / 손우성 옮김
★▲	21 이방인 알베르 카뮈 / 이휘영 옮김		55 알퐁스 도데 단편선 알퐁스 도데 / 김사행 옮김
	22 지하생활자의 수기 도스토옙스키 / 이동현 옮김		56 베이컨 수필집 프랜시스 베이컨 / 김길중 옮김
★	23 설국 가와바타 야스나리 / 장경룡 옮김	★▲	57 인형의 집 헨리크 입센 / 안동민 옮김
★▲	24 이반 데니소비치의 하루	★	58 소송 프란츠 카프카 / 김현성 옮김
	A. 솔제니친 / 이동현 옮김	★▲	59 테스 토마스 하디 / 이종구 옮김
	25 더블린 사람들 제임스 조이스 / 김병철 옮김	★▽	60 리어왕 윌리엄 셰익스피어 / 이종구 옮김
★	26 여자의 일생 기 드 모파상 / 신인영 옮김		61 라쇼몽 아쿠타가와 류노스케 / 김영식 옮김
	27 달과 6펜스 서머싯 몸 / 안흥규 옮김	▲▽	62 프랑켄슈타인 메리 셸리 / 임종기 옮김
	28 지옥 앙리 바르뷔스 / 오현우 옮김	▲●▽	63 등대로 버지니아 울프 / 이숙자 옮김
★▲	29 젊은 예술가의 초상 제임스 조이스 / 여석기 옮김		64 명상록 마르쿠스 아우렐리우스 / 이덕형 옮김
▲	30 검은 고양이 애드거 앨런 포 / 김기철 옮김		65 가든 파티 캐서린 맨스필드 / 이덕형 옮김
★	31 도련님 나쓰메 소세키 / 오유리 옮김		66 투명인간 H. G. 웰스 / 임종기 옮김
	32 우리 시대의 아이 외된 폰 호르바트 / 조경수 옮김		67 게르트루트 헤르만 헤세 / 송영택 옮김
	33 잃어버린 지평선 제임스 힐턴 / 이경식 옮김		68 피가로의 결혼 보마르셰 / 민희식 옮김

(뒷면 계속)

★ 69 팡세 블레즈 파스칼 / 하동훈 옮김

70 한국 단편 소설선 김동인 외

71 지킬 박사와 하이드 로버트 L. 스티븐슨 / 김세미 옮김

▲ 72 밤으로의 긴 여로 유진 오닐 / 박윤정 옮김

★▲▽ 73 허클베리 핀의 모험 마크 트웨인 / 이덕형 옮김

74 이선 프롬 이디스 워튼 / 손영미 옮김

75 크리스마스 캐럴 찰스 디킨스 / 김세미 옮김

★▲ 76 파우스트 요한 볼프강 폰 괴테 / 정경석 옮김

▲ 77 야성의 부름 잭 런던 / 임종기 옮김

★▲ 78 고도를 기다리며 사뮈엘 베케트 / 홍복유 옮김

★▲▽ 79 걸리버 여행기 조너선 스위프트 / 박용수 옮김

80 톰 소여의 모험 마크 트웨인 / 이덕형 옮김

★▲▽ 81 오만과 편견 제인 오스틴 / 박용수 옮김

★▽ 82 오셀로 · 템페스트 윌리엄 셰익스피어 / 오화섭 옮김

★ 83 맥베스 윌리엄 셰익스피어 / 이종구 옮김

▽ 84 순수의 시대 이디스 워튼 / 이미선 옮김

★ 85 차라투스트라는 이렇게 말했다 니체 / 황문수 옮김

★ 86 그리스 로마 신화 에디스 해밀턴 / 장왕록 옮김

87 모로 박사의 섬 H. G. 웰스 / 한동훈 옮김

88 유토피아 토머스 모어 / 김남우 옮김

★▲ 89 로빈슨 크루소 대니얼 디포 / 이덕형 옮김

90 자기만의 방 버지니아 울프 / 정윤조 옮김

▲ 91 월든 헨리 D. 소로 / 이덕형 옮김

92 나는 고양이로소이다 나쓰메 소세키 / 김영식 옮김

★ 93 폭풍의 언덕 에밀리 브론테 / 이덕형 옮김

★▲ 94 스완네 쪽으로 마르셀 프루스트 / 김인환 옮김

★ 95 이솝 우화 이솝 / 이덕형 옮김

★ 96 페스트 알베르 카뮈 / 이휘영 옮김

▲ 97 도리언 그레이의 초상 오스카 와일드 / 임종기 옮김

98 기러기 모리 오가이 / 김영식 옮김

★▲ 99 제인 에어 1 샬럿 브론테 / 이덕형 옮김

★▲ 100 제인 에어 2 샬럿 브론테 / 이덕형 옮김

101 방황 루쉰 / 정석원 옮김

102 타임머신 H. G. 웰스 / 임종기 옮김

● 103 보이지 않는 인간 1 랠프 엘리슨 / 송무 옮김

● 104 보이지 않는 인간 2 랠프 엘리슨 / 송무 옮김

▲ 105 훌륭한 군인 포드 매덕스 포드 / 손영미 옮김

106 수레바퀴 아래서 헤르만 헤세 / 송영택 옮김

▲ 107 죄와 벌 1 표도르 도스토옙스키 / 김학수 옮김

▲ 108 죄와 벌 2 표도르 도스토옙스키 / 김학수 옮김

109 밤의 노예 미셸 오스트 / 이재형 옮김

110 바다여 바다여 1 아이리스 머독 / 안정효 옮김

111 바다여 바다여 2 아이리스 머독 / 안정효 옮김

112 부활 1 레프 톨스토이 / 김학수 옮김

113 부활 2 레프 톨스토이 / 김학수 옮김

▲● 114 그들의 눈은 신을 보고 있었다
조라 닐 허스턴 / 이미선 옮김

115 약속 프리드리히 뒤렌마트 / 차경아 옮김

116 제니의 초상 로버트 네이선 / 이덕희 옮김

117 트로일러스와 크리세이드
제프리 초서 / 김영남 옮김

118 사람은 무엇으로 사는가
레프 톨스토이 / 이순영 옮김

119 전락 알베르 카뮈 / 이휘영 옮김

120 독일인의 사랑 막스 뮐러 / 차경아 옮김

121 릴케 단편선 R. M. 릴케 / 송영택 옮김

122 이반 일리치의 죽음 레프 톨스토이 / 이순영 옮김

123 판사와 형리 F. 뒤렌마트 / 차경아 옮김

124 보트 위의 세 남자 제롬 K. 제롬 / 김이선 옮김

125 자전거를 탄 세 남자 제롬 K. 제롬 / 김이선 옮김

126 사랑하는 하느님 이야기 R. M. 릴케 / 송영택 옮김

127 그리스인 조르바 니코스 카잔차키스 / 이재형 옮김

128 여자 없는 남자들 어니스트 헤밍웨이 / 이종인 옮김

129 사양 다자이 오사무 / 오유리 옮김

130 슌킨 이야기 다니자키 준이치로 / 김영식 옮김

131 실종자 프란츠 카프카 / 송경은 옮김

132 시지프 신화 알베르 카뮈 / 이가림 옮김

133 장미의 기적 장 주네 / 박형섭 옮김

134 진주 존 스타인벡 / 김승욱 옮김